Ludwig Weibel
Deines Seinsgewissens
Sinn und Signatur
Aus dem Sein gediehen

Bibliographische Information der Deutschen National-bibliothek. Die Deutsche Nationalbibliothek verzeichnet diese Publikation in der deutschen Nationalbibliographie, detaillierte bibliographische Daten sind im Internet über http://dnb.dnb.de abrufbar.

© 2022 Autor: Ludwig Weibel
Herstellung und Verlag:
BoD – Books on Demand, Norderstedt
ISBN 9783756258741

Ludwig Weibel

Deines Seinsgewissens
Sinn und Signatur

Inhalt

1

Trifft es dich,
betrifft es auch Mein Schicksal

1.1

Nun danket alle Gott, dem Herrn der himmlischen Heerscharen und lasst ihn sein erhaben Werk an uns vollenden. Das ist der Segensspruch, der einer Menschheit wohl gebührt, die so sehr beschenkt ist mit der Fülle seiner vielgeliebten Himmelsgaben.

Du magst es drehen wie du willst, *Ich* lasse dir die Früchte Meiner Felder täglich an der Sonne spriessen und ernähre dich gekonnt und voller Zuversicht mit immer mehr.

Wo es Mir nötig scheint, vollziehe Ich Rochaden und wo's angebracht ist, stelle Ich zurück, damit die Lebensdinge wieder echt florieren .

Dein Heil ist programmiert auf Schienen, die noch nicht in deinem Dampfbuch stehn und *es* wird dich überkommen, wie die Meeresflut sowie das Säuseln eines Abendwindchens auf den sommerlichen Fluren.

Beliebst du aufzumerken, merke dir Mein Wort der guten Gaben im Allhier, wie in den Weltenpfründen, die Ich Mir allüberall mit Vehemenz und Suplesse eingerichtet habe.

Bei Mir gibt es kein Wenn und Aber, wenn die Lebensqualitäten neu ins Lot gesetzt und ausgebessert werden müssen. Ohne Pardon leg Ich an und zu und vermehre, wo es etwas zu vermehren gilt, aus dem Wohlstand, dem Ich Mich seit aller Zeit verschrieben.

Gelassenheit ist hier am Platz, den Ich vor Urzeit eingenommen und seitdem auf's köstlichste für Mich in Anspruch nehme.

Was immer Ich erbringe, ist noch jeden Rappen wert, den Ich dafür aufgeworfen und verwendet habe.

Meinem Lebenstil entsprechend sollst auch du agieren und prästieren, was dir vorgelegt und aufgebürdet worden ist im Frührot deiner Zeit nach Meinem Willen und Befehl.

Da zählt noch jede Geste, die Ich dir geweiht und zugeeignet habe aus des Gottesherzens liebevollem Licht und nie versiegender Tradition.

1.2

Noch heute biete Ich dir die Gelegenheit, so richtig aufzutrumpfen und dich, so wie du *Bist*, vor aller Welt zu präsentieren. Du trittst hervor als einer, dem Berechtigung erteilt ist, sich als gereift, gelassen und prophetisch zu bezeichnen in Bezug auf seines Geisteswissens Sinn und Signatur.

Trittst du zu kurz, so muss Ich dir solange auf die Füsse treten, bis du wieder in gemessnen Schritten fürbass gehst, um deine Pläne zu verwirklichen nach Meiner Regel, Richtschnur, Rundung und Manier.

Merkst du auf, so merke dir die Worte, die *Ich* dir ins Seinsgewissen rezitiere, um dich eines Besseren und Vernünftigeren zu belehren. Das vermag dann deinem Schicksal neuen Glanz und Glitter zu verleihen sowie dem Erhabensein in allen Disziplinen, deiner Werdelust gemäss.

Trifft es dich, betrifft es auch Mein Schicksal in dem deinem und befähigt Mich, bewundernswertes zu kreieren nach der Stellung, die Ich in Allweiten innehalte.

Unermesslich sind die Seinsressourcen, über die Ich aus der Fülle Meiner selbst seit eh und je verfüge und Mir damit selbst genüge, wo Ich auch immer Bin mit Meinen seinsgefälligen Allüren.

Kommt dazu, dass es bei Mir schon klingelt, wenn bei dir der Klang der Welt noch lang auf taube Ohren stösst und dann verebbt in kläglichem Missraten. Das verursacht bei Mir neue Seinstendenzen, die Ich mit gebotner Raffinesse umzusetzen pflege. Genügend Kurzweil ist da alleweil vorhanden, derweil Mein Prestige eben damit sich erfüllt, dass Ich zu sein vermag, was Ich auch immer will und dass Mein Universensein sich ständig steigert, ohne jemals still zu stehn.

Einmal wird es auch bei dir noch tagen und deine Welt wird als ein Unikum an Seinsgeschliffenheit, Bewusstheit und Gottseligkeit von dir begriffen werden. Keine alten Rechnungen sind mehr zu begleichen und die neuen werden just von Mir beglichen, weil sie auch in Meinem Sinn und Geist entstehn. Ich begreife Mich in dir und du in Mir in alles überragendem Gesunden.

1.3
Ich Bin das Wesen ewiger Glückseligkeit, hinabgestiegen in den Traum des Lebens und erwacht in ihm zum Sein in Freud und unnennbarem Frieden.

Was Ich als Mein Motto, Meinen Wohlgehalt und Mein Befrieden auserwählt und eingemittet habe, kann auch für dich gelten, wenn du im Erkennen deine Himmelskräfte spürst und ihnen Achtung zollst, Nachhaltigkeit und götterlichte Synergie.

Ich hebe auf, was in dir hingefallen schien und bringe zur Beachtung, was kaum noch der Rede wert war, deiner Meinung und Gewissenhaftigkeit gemäss.

Was Ich immer für dich tun kann, lass Ich wohlgemut und willig dir entgegen springen, damit du es erfassest und nach Meiner Weisung richtig mit ihm umgehst, dass es dir Herzensfrieden, Wohlfahrt und Glückseligkeit beschere.

Was immer Mut erfordert, habe Ich vor deinem Augenmerk schon längst getan und kann es dir auf's angelegenste empfehlen. Mein anerkanntes Metier ist es, den allgemeinen Fortschritt zu beflügeln und den Sinn der Universenwelt zu pflegen, myriadenfältig, seinsbewusst und elitär.

Ich Bin in Meinem Reich Glückseligkeit und Frieden und ströme dir in deinem Wohlfahrt und Gerechtigkeit, Auserlesenheit und Seinserhabenheit entgegen.

Trunken Bin Ich von dem Lichte, das Mein Sein in aller Form und Fülle mild durchströmt und es verzaubert in kaleidoskopisch aufgemachten Variationen.

Meine Strategie ist damit bestens aufgegangen, die da will und kann in allem Leben Güte und Gehorsam, Seligkeit und seelenvolle Wachheit generieren. Das ist die Leistung, die Ich jederzeit an Mir vollbringe und die in tausendfacher Wohlverständlichkeit auch zu den Menschenvölkern dringe.

Du Bist *Es* und geniessest ständig Meines Weistums Stärke und beglückendes Profil.

1.4

Berufst du dich auf Mich, kannst du sicher auf Mein Hochgebet und Meine Lebenshilfe zählen.

Ich erlaube Mir, dich mit dem Aufruf zu belegen, dass du dich an das erinnern sollst, was du einmal warst und was du immer *Bist* in deinen geisterfüllten Zügen. Das stärkt dich für das Kommende, das Ich dir weise wissend in die Hände lege, deiner Seinspotenz gemäss.

Du bist dazu berufen, vielem deinen Touch, dein Votum und dein Siegel aufzuprägen, damit es so sei, wie du's willst und so wie *Ich* es will durch dich gebären.

Das Feurige in Mir will unbedingt zum Zuge kommen und die Welt in ihrer Eingenart verändern, damit das Neue allem Seienden auch neuen Glanz verleihe im Gefolge seiner Siegestaten.

Pflichtest du Mir bei, so können wir uns ja selbander auf die Wanderschaft begeben, um unerhörte Weiten zu erforschen und ihnen die Gestaltung Meiner selbst gebührend einzuprägen.

Was raschelt da vor dir im Grase? Einer Schlange windige Gefahr. Du verabscheust sie, weil sie dir Ängste einjagt unbestimmter Art und verachtest damit Mich in Meinem variantenreichen Welten-leben.

Dich an alles, was da *ist*, gedeihlich zu gewöhnen, sei dein Auftrag und dein Ziel in *Meinem* Geist und Sinn und Seinsgebaren.

Was Ich am liebsten anerkenne deinerseits, ist dein Bemühn um Klarheit über das, was du in Wahrheit *Bist* und was dich prägt von anno dazumal bis ins Unendliche , das dir mit unerhörtem Seinselan entgegenströmt in nimmermüden Dich-Berauschen.

Du Bist Mir alles wert, was Ich an Werten in Mir finde und darfst dich rühmen, eines Gottes Angebind und Duktus, Kapitell und Grundgehalt zu sein, auf das er sich verlassen will und kann. Denn du hast begriffen, um was sich alles dreht und zirkelt, zirpt und zagt im Andersartigen, von dem Ich dir mit Glück getunkte Kunde in die offnen Hände lege.

1.5
Alles sinnlich Feststellbare ist auch geisteswirklich da

Was immer dich betrifft, lässt sich in dem Satz zusammenfassen: Deine Seins-Mentalität ist noch zu stark auf alles Irdische gerichtet, das dich vollends für sich in Anspruch nehmen will mit seinen Ungesichertheiten, Trugschlüssen und betörenden Manieren. Ich hingegen Bin darauf versessen, Geisteskräfte als die wahren Wirklichkeiten anzusehn, die uns das Geleit und die Impulse zum gerechten und gewissenhaften Lebensstil verleihen.

Nimmst du sie treulich auf, so kann Ich dir versichern, dass du dich auf Meinen geisterfüllten

Pfaden wohlbehütet und beglückt durch eine Wesenswelt bewegst, die alles gut macht, was verdorben schien und allem Meines Siegels Glanz, Natürlichkeit und Zukunftsträchtigkeit verleiht, was du nur immer anrührst noch mit Zittern und mit Zagen.

Mein Brauchtum ist es, weit hinaus ins Sternenall zu ragen, wo Gedankenschärfe und gediegene Bewusstheit nötig sind, um überhaupt die ganze Schau und ihren Aufwall zu prästieren.

Du kommst Mir vor wie Einer, der zwar weiss, wohin sein Trachten führt, es aber unterlässt, es in die seinsgerechte Richtung und Beförderung zu leiten.

Mir allein ist es gegeben, dir deines Wohlstands Wucht und Geistesqualität zu offenbaren und dir damit den Weg in Meinen Reichtum der Erhabenheit und Menschenwürde, Heiterkeit und ewigen Beschauung Meiner Geistkultur zurechtzulegen

Ich ziehe dabei in Betracht, dass du noch wie auf Kinderfüssen wandelst im Vergleich mit jenen, die *Ich* als angemessen, vollgereift und tunlich innehalte.

Das braucht Forschheit, Zähmung und Gerissenheit in einem, um den Alltag, wie das All-Sein würdig und gottselig zu bestehn. Deine Lebensdinge sind mit *Meinem* Mass zu messen und dein Duktus soll, wie festgezurrt auf Meinem, in Ergebenheit und Offenheit beruhn.

Du kannst Mir glauben, dass Ich nichts Unmögliches von dir verlange, aber dass du glücklich und gottselig wirst auf Meinen wunderbar gedeihlichen und heilen Pfaden.

1.6

Was du dein nennst, kann dir nicht für immer nützlich bleiben. Es verschwindet, wie es kam und du entbehrst es nicht in deinen neu geformten Lebensrunden.

Was dir dann präsent ist, strotzt von geisteswebender Bravour und offenbart dir, was du auch noch sein kannst, im Bereich der ewigen Natürlichkeit, wie dem Verständnis für das Ganze, das Ich Bin in dir.

Glaubst du immer noch, du könntest mit den Fähigkeiten, Qualitäten und beglückenden Begriffen Schule machen, die doch allesamt von Meiner Seite zu dir fluten und deinem Leben Form und Farbe, Tüchtigkeit, Billigkeit und Attraktivität verschaffen?

In puncto Seinsgewissen, Seriosität und Zuverlässigkeit gibt es für dich noch aberviel zu richten, weil du dich nur allzu oft verführen lässt von Kräften, die sich die Bequemlichkeit und Flatterhaftigkeit zum Ideal erkoren haben. Da kommen dir die silberhellen Silben und Versicherungen aus den Tiefen Meiner Fibel sehr zustatten, weil sie dich mit dem belehren und beehren, was dir wahrlich nützt und dich bestützt auf deinem Gang in die Unendlichkeiten.

Dann gehörst du nimmer dir allein, sondern Mir zum mindesten zu gleichen Teilen, oder besser ganz, indem du Meinem Götterwillen dich vergibst und vollends unterziehst im Wachen, wie im Schlummer der Gerechten, nächtig vor dich hin.

Dort kleide Ich dich in Mein Licht, das Meines Daseins Attitüde ist, von A bis Z im Wohlgewissen, dem Ich seit Äonen fröne.

Somit kannst du in Mir sein, was du sonst nicht bilden und prästieren kannst in deinen Wundern, Wucherungen und Erhabenheiten.

Es mag dir noch als Utopie und Blasphemie erscheinen, wenn Ich dir den Rat erteile, dich vom Menschenkind zur Gotteskindschaft zu erheben und dich entsprechend aufzuführen als ein Heiler und Geheiligter von Meinen Gnaden, Glaubenssätzen, Solidaritäten und Beglückungen. Lust und Last zugleich Bin Ich in deines Seins erschütterndem Belehren.

1.7

Was Ich noch bemerken will zum neuen Tag: Die Zeit wird langgedehnt, oder denn verkürzt, durch das menschliche Empfinden. Ich hingegen Bin des zeitenlosen Seins Gewähr für Regelmässigkeit, Beständigkeit, Unsterblichkeit und immanentem Seelenfrieden.

Ich bestimme ungehemmt und unverzüglich, was zu tun ist in des Alls Kompendium und Konzentration von Myriaden fluktuierenden Ideen und Gemeinsamkeiten mit dem, was Ich Mir Bin, im universenweiten Geistgeschehn.

Da lohnt es sich für dich, genau und züchtig hinzuhorchen, um des Gottes wohlbegründete Doktrin und Evolutionenträchtigkeit gebührend zu vernehmen. Das bewirkt dann die gemeinsam eingehaltne Richtung auf ein Ziel von allbefruchtendem Bedeuten, wie von einer Klarheit, welche weder Deuteln noch Bemängeln zulässt durch die zögerlichen und zerfahrenen Gemüter.

Ich lasse alles gelten, was vernünftig für das Ganze ist, das Ich stets im Sinn behalte über Myriaden hin. Zudem füge Ich in allen Regionen reinen Seins Mein wohlerwogenes Gestalten bei, das das Leben und Erleben zu enorm gesteigerten und sinnbegabten Wirklichkeiten stilisiert.

Ich runde auf, was sich ins Unbestimmte und Unziemliche verfasern will und setze klare Linien, wo es gilt galant voranzukommen und ein glorioses Ende abzusehn.

Was immer auch geschieht, geschieht nach Meines Wortes Wirkung und Befehl in allen Wesen, die da *sind* und sich für eigenständig und betriebsam halten. Sie sind Mich und Ich Bin sie in einer Einheit und glückseligmachenden Bewusstheit ohnegleichen. Jedes Meiner Seinskapitel schliesst mit der Erwähnung reiner Seinsglückseligkeit, in der Ich Mich empfinde. Das ist das A und O des Sinns, mit dem Ich Mich geschmückt und zuversichtlich halte durch Äonen.

Der wache Geist will auch die noch im Schlummer sich Befindenen erwecken, damit sie sich am Sein an sich erfreuen können, das sie *sind* und das ihr Wonnesein begründet über gloriose Zeiten hin.

Was Ich dir so leichthin und gewissenhaft besage, bezieht sich auf ein unermüdlich und konstant errungnes Gut, an dem sich alle sich empfindenen und überwindenden lebendigen Wesen innig laben.

Was die Menschen immer sich erträumen, ist in Meinem Sinn und Geist schon wahr und darf sich wahrlich sehen lassen in den lichterfüllten Weiten Meiner Gottkultur.

Was immer du begreifst von Meines Seins bewusstem Equilibrium, kann dich zuinnerst heiter und gelassen stimmen in der Vielfalt der Empfindungen, die deiner Seele eigen.

Ich locke sie aus der Vieftheit in sich selbst hinaus und lasse sie des Allseins Wunder und Relieve erleben. Wie kannst du da noch zögern, Meinem Ruf und Argument beharrlich und gezielt zu folgen, die dich in den Zustand der Gottseligkeit sowie der Bruderschaft mit Meinem Wesensein versetzen.

Nimm es bitte ganz genau mit dem Befolgen Meiner Räte und besonnenen Spezifikationen in Bezug auf deines Lebens Titel und Talar.

Zerfahrenheit mag Ich nicht leiden, Erfahrung und Befolgung jedoch tun Mir wohl und lassen Mich von Grossmut, Freundlichkeit und Liebe überströmen. Das schlägt sich dann in guten Treuen auch in deinem harrenden Gemüte nieder und lässt dich aufblühn in Begeisterung am Sein und Leben, wie an schöpferischer Tatkraft, die Mein allerliebstes Ideal ist seit Äonen.

Ich spinne, sinne und beginne fort und fort Mein Werk der Myriaden Mustergültigkeiten und Bin zugleich dazu fähig, frohgemut und seelenvoll in ihm zu ruhn.

1.8

Klartest sprechen die, die etwas wichtiges zu sagen haben, und zu denen kannst du Mich genauso zählen, wie es dir wohl anstehn würde, unter Meines Seins begeisternder Regie. Ich Bin nicht kleinlich, wenn es darum geht gewaltiges ins Werk zu setzen und ihm aus Meinen unermesslichen Ressourcen Meinen Stempel aufzuprägen.

Geht Mir dabei alles flüssig und manierlich von der Hand, lege Ich den grössten Wert darauf, dass alles haarklein ausgedacht und von Mir sanktioniert ist, was geschieht und was dem Weltenleben Sinn und Seligkeit verleiht nach Meinem Gusto, wie nach Meinem göttlichen Begehren.

In Kürze gesagt, muss alle Evolution in vorbestimmten Bahnen seinsgerecht und optimal verlaufen, damit die goldne Zeit nicht nutzlos, unbesonnen, liederlich und schal vertan wird von des Volkes zwiegespaltener Raison.

Du glaubst es kaum und doch muss es dir glaubhaft scheinen, dass in Meinem siegessicheren Befehlsstand alles so verläuft, wie *Ich* es vorgesehen und mit voller Klarsicht angeordnet habe. Ohne diese Qualitäten könnte nicht ein Universensein von solcher Pracht und Präzision, Dauerhaftigkeit und Liebenswürdigkeit entstehn, wie du es dato schon vor Augen hast und gewiss auch bis in alle Zukunft hin.

Um das Ganze rüstig und rentabel, vorteilhaft und sinnreich erhalten, muss manches Seinsverdorrte auch geschreddert und vernichtet werden. So geschieht, was sich die Götter, aber lang noch nicht die Menschen, denken können und aus diesem Grund Bin Ich so sehr auf der Belehrung und Beförderung bedacht, die ihnen Not tut alletwegen.

Wie kommt es, dass du schweigst? Weil vieles, was Ich beim gerechten Namen nenne, für dich so erstaunlich ist, dass es dir den Schnauf verschlägt zum Reden und zuvor Gedankliches zu formen in der Tat.

So und somit ist denn alles gut und gütig, was Ich wohlbedacht in Szene setze und was dir genehm und günstig, feierlich und froh sein sollte im, von Mir erhellten und erheiterten Gemüt.

1.9
Weisst du was: Ich taufe dich mit Meines Lichtes liebevollem Strahl und lasse alle Seligkeit des Himmels in dich fahren.

Bist du ein Bekenner Meiner Güte und Gerechtigkeit geworden, füge Ich dich in die Reihen derer ein, die *sind* und die sich des wahren Seins Regime und Mustergültigkeit zugute halten können.

Ich präludiere, weil Ich an Mir selbst die höchsten Weihen und Beglückungen erfahren habe. Das ist dann der Anfang Meines schöpferischen Flairs, wie Meiner genialen Fruchtbarkeit gewesen.

Ich staune immer noch Mich selber an, ob der enormen Effizienz und Fertigkeit, Schlagkräftigkeit und Eleganz, mit der Ich schon äonenlang und wieder für Äonen operiert und unbeirrt gehandelt habe.

Mein Sein ist eine nie versiegende und alles überwiegende Erfüllung Meiner Selbst mit edelmütigen und auserlesnen Gaben, die Mir den Wohllaut des Gerechtseins an Mir selbst sowie an Meinen Sternenwelten zugehalten haben.

Was bedeutet Liebe, wenn nicht die nimmermüde Sorglichkeit für die Geschöpfe Meiner Zunft und zünftigen Beharrlichkeit, mit der Ich ihren Fortschritt und ihr Heil begründe und begleite.

Ich Bin Mir ihres Wertes voll bewusst, weil es genauso gut der Meine, wie der ihre, ist in der bewundernswerten Schätzung, die Ich ihnen angedeihen lasse im alltäglichem und allumfassenden Verkehr.

In Meiner Art und Weise kann sich nur das Allerbeste und Gediegenste, was möglich ist, vollziehn, und Meine Hilfeleistung an die Dürftigen und Bittenden ist wahrhaft Legion.

Bin Ich zum Sein berufen, bist *du* es noch viel mehr, weil deine lange Leitung langer Zeit bedarf, um ebenso erfolgreich, wie die Meine, selig und saluber dazustehn. Sei, was du *Bist* und freue dich intens und frohgemut, verbindlich und vertrauensvoll darüber.

1.10

Besonnenes Verhalten liegt dem Seinsgrund, der Ich Bin, zugrunde, Liebenswürdigkeit an sich, die sich auf alle überträgt, die Mich herzinnig lieben.

Seinsverwandt zu sein ist eine Tugend, die mit ewiger Jugend stillvergnügt einhergeht, derweil sie

20

sich im Geistesglanze sonnt, der ihr von Mir beschieden.

Was Ich in Mir selbst erfahre, trägt Mich hin und her und auf und nieder durch das All der Sternenbastionen, die Ich Mir zum lichterfüllten Wohnsitz auserkoren.

Was Ich mit dir teile, ist genauso gut auch deines Teilens Erbstück und Gebaren, wie es sich arrangiert im Zeitenlauf dort unten und hieroben.

Wer prächtig singen kann, ist auch von Mir befugt, Gesänge zu erfinden, die allgemein entzücken und das Herz erröten lassen, wie es sich gebührt. Singst du, so will Ich dich mit Wonne in Persona auf dem Instrument begleiten, das Ich dir aus Meinem Fundus gern und gut zur laufenden Verfügung stelle.

Meinem Nimbus sollte es nicht schaden, deinen - voll Vertrauen und Verbindlichkeit, Ehrenhaftigkeit und Klarsicht beizufügen, um seinen Glanz und Ruhm nach Noten zu erhöhn.

Was du immer willig tust, ist Meines Unterfangens Kreativität und sinnendes Verlangen. Das begründet allen Wohlstand, der sich ständig in der Wesenswelt verbreitet und von keiner Unbill angetastet werden kann im Zug der wohlgelaunten Aktionen.

Menschenlauf ist Gotteslauf im unermessnen Geistraum, wie im dicht gepressten ränkesüchtigen Hienieden. Immer geht es um recht viel, wo sich das Lebensrad bewegt, oder wo es stille steht, aus unbedachtem oder triftigem Begründen.

Das Fazit aus dem Versmass, das Ich vor Mir her ins Universum trage, ist des Neuwert-Schaffens Drang und Grazie im Allgemeinen, wie sie auch in dir sein sollten, ohne Rast und Ruhn.

1.11

Da braut sich was zusammen, von dem du besser deine Finger lassen würdest, damit dir nichts Verwerfliches daraus ersteht. Du aber glaubst, es ohne weiteres beherrschen und verstehn zu können und tapst in es hinein, so wie in eine Falle, schläulich vor dich hingelegt.

So vieles wird von vielen eilig aus der Situation getan, ohne dass die Folgen recht bedacht und abgezirkelt werden. Das zeitigt dann Verdruss und Ärger und schafft Kontrahenden, die sich am Ende selbst nicht mehr begreifen.

In dieser Hinsicht muss Ich Mir beileibe kein Gewissen machen, denn Ich trumpfe ständig auf, ohne Meine Trümpfe aus der Hand zu geben und lasse alle Leinen los, im Bewusstsein, dass die angeleint Gewesenen Mir ohnehin gehorchen müssen.

Du glaubst gemeinhin, dein Taktieren sei das allerbeste im Revier und siehst nicht, wie die Anderen beständig ihren eignen Takt um deine Ohren schlagen. Das verheisst nichts Gutes und zeitigt Korrekturen Meinerseits, die es genialer-weise in sich haben.

Man könnte meinen, dass dein Leben ständig darauf aus ist, Bässen und Verluste zu erleiden. Doch Ich sage dir, du bist in einem Lernprozess von universenweiter Eigenart begriffen, der schlussendlich zur Erbauung und Geschliffenheit von allen führt, die sich jenem nicht entziehen können.

Was du immer meinst, ist zuvor schon Meiner universenweiten Meinung und Gewissheit unterzogen worden. Das führt dann zur Bekräftigung von deiner Ansicht, ob sie nun zu deinem Heile oder zur Verderbnis führt. Dein Wille ist Mir Legion, doch wenn es nicht zugleich der Meine ist, muss er ins Arge und Verständnislose führen.

Du trittst an Ort solange, wie Ich dich nicht resolut und absolut vertrete und dabei bewirke, dass du glückerfüllt einhergehst durch des Weltengeistes grandiose Regionen.

1.12

All-bereit bist du ja schon und allbereits hast du die Grenze überschritten, die ins Geistreich führt von Gottes eminenten Gnaden. Du zögerst, weil du denkst, du könntest, um Mir zu gefallen, dem Unendlichen verfallen, aberweit hier. Ich hingegen weiss, dass alles Nähe ist und Ferne zugleich in den Niederungen, wie in den enormen Höhn, die Ich gestalte und geflissentlich verwalte, ohne viel herumzufragen.

Wo es noch hapert, heize Ich für's Erste einmal tüchtig ein, dann lasse Ich die Köpfe sich verkühlen, damit sie wieder räsonabel und erspriesslich denken können. Mir ist es immer sehr daran gelegen, klaren Sinnes zu agieren, damit im Wettstreit mit den ungezählten Argumenten jedes rasch zum Zuge kommt, das durch seine Einfachheit und Wohlgesonnenheit besticht und alle überzeugt von seiner Machbarkeit und Güte.

Willst du redlich sein, so rede doch mit Mir, der immer weiss woran du bist und der dein Bestes will mit seinen Überlegungen und wohlgesitteten Allüren.

Von Mir zu dir ist es nicht fern, weil Ich dir innig Pate Bin, Ferment und Paternoster in der Seele glückdurchzogenem Verlies. Was du darin erlebst, ist eitel Gnade und bewundernswerte Aufschicht, als von Mir gegeben und behütet, liebvoll angestossen und im Sein bewahrt.

Was immer du in deiner Eigenart, Gutmütigkeit und Klugheit unternimmst, kann nur gedeihen, wenn *Ich* dazu Meinen Segen, Mein ad libitum und Meine Willigkeit erteile, es zu tolerieren und zu fördern nach Bedarf und bodenständigem Erwarten.

Hinkst du auch immer hintennach, so trage Ich dich frohgemut und heiter zu den Sternen, die, wie Mir, dein Ein und Alles sind im Universenräumlichen.

Mein Ansatz ist mit deinem so verwandt, dass beide nicht zu unterscheiden sind, wenn man's nur recht bedenkt und damit alle Türen öffnet zum glückseligen Im-Sein-Verweilen.

1.13

In der All-Einheit Meiner Geistessiege darf Ich froh und selig ruhn. Ich habe Mich Mir selbst zum Sein in strahlender Gewissheit und Holdseligkeit erkoren. Davon will Ich dir nun ein gebührend und dezentes Liedlein singen, das dich im Innersten berührt und dich zum Einigsein mit Mir und Meinen universenweiten Seinsgefilden führt.

Ich schenke ständig ein und du darfst trinken, trinken von dem hochdotierten Wein, den Ich dir aus vollen Seinsgewölben unentwegt zugute halte.

So friedvoll und harmonisch lässt sich alles an, was *Ich* im Weltenall an Tugend, ewiger Jugend und Gelassenheit verbreite, um die Meinen, wie das Menschenvolk, zu stärken und um dem Seinsglück Meiner Zeit zum Nachhall zu verhelfen.

Was *Ich* kann, kann keiner ausser Mir, doch weil du in Mir Bist, vermagst du alles, was du Meinem Sinn gemäss gestalten willst, um es in allen Ehren vor und in der Welt zu offenbaren.

Meine Fähigkeiten und Verbindlichkeiten sind vom Anfang bis zum Ende Legion und bewähren sich, wie aus dem Nichts gekommen, alleweil im Nu. Das schafft an und schafft Ergiebigkeit und Wonne des Gelingens überall, wo Meine Saaten aufblühn und im reichen Herbst mit prallen Früchten prangen im von Mir gesegneten Allhier.

Das von Mir wie dir Gewünschte legt sich wie von selber auf die Waage der Gerechtigkeit am Sein und Leben und wird von jedermann als gut und glorios, genial und mondial befunden.

Wie geht das zu und her, wirst du in allem Ernste fragen? Durch Meine Huld und reine Unschuld an den Seinsgesetzen, die Ich ohne jedes Deuteln innehalte, einem Logbuch gleich, das Ich schon vor der Ausfahrt vollgeschrieben.

Nun weisst du, was Ich meine und darfst dich, davon überzeugt, nach Meinem Willen in der Welt ergehn, um in ihr, wie immer, gloriose Heiterkeit zu finden.

1.14

Ich Bin und strahle dir die Wonne Meines Seins zum Erdplaneten nieder. Deine Seele nimmt sie auf und spürt die Seinsbeseligung, die ihr darob geschieht in vollen, runden Zügen.

Was und wie Ich immer kann, sende Ich dir liebevoll entgegen und bediene Mich der Lust, dich sanfte anzurühren in der Seele seligmachendem Verlies.

Wo Ich Bin ist eitel Wohlgefühl und Licht-erlaben, Unbeschwertheit und Besonnenheit in einem, die Mich stärken auf der Reise durch das Ewige, auf die Ich Mich voll Neugier und Erwartung , Seins-bewusstheit und Natürlichkeit begeben habe.

Gerade du sollst nun Geheimnis um Geheimnis unvermittelt und kulant von Mir erfahren, damit du kundig wirst von dem unendlichen Ergötzen am geliebten Dasein, das Ich ohne jeden Aufschub wunderbarerweis erfahre.

Ich Bin dir Garant für jede deiner Taten, die du in *Meinem* Sinn und Geist verrichtet hast im Handumdrehn. Das entspricht dann dem, was Ich Mir seit Äonen für dich ausgedacht und ein-getrichtert habe.

Bist du nun einmal da, so gereicht es dir zur höchsten Ehre, Mich als deines Schöpfers Manifest und Aufzug auf's Entschiedenste mit Dankbarkeit und Lobgesängen zu versehn. Die Reihe ist an dir, Ich hab das Meinige getan und erwarte nun, dass du dich deiner Kräfte regelrecht bedienst, um deines Daseins Fülle tüchtig aufzuwerten und um ihm den Stand der Götterherrlichkeit und Liebenswürdigkeit zu approbieren.

Was immer sein kann, kannst auch du mit deinem Witz, wie deiner Willkür, generieren. Das erweitert und erheitert deines Seins Gebiet bis zu den Sternen und führt dich dazu an, dich, wie sie, im Allsein zu verkreisen und auf's allerzärtlichste verstehn. Die Liebe hat dich hingeführt und hat sich dir vollends ergeben in des Wonneseins all-herrlicher Allüre.

1.15

So frisch und frei und froh wie Ich kann keiner auf die Lebensbühne treten, weil ihm das gewisse Etwas fehlt, das Mich beseelt und dem Ich Meinen Welterfolg verdanke.

Legst du etwas vor, so ist es Mir schon längstens durch den Sinn gegangen und ist von Mir mit Lob bedacht oder streng getadelt worden.

Damit kann Ich bestens sein und Mich mit Wohlgefühl im Sein erleben. Meine Züge sind geglättet und die Zügel hangen federleicht in Meinen Händen, Welten lenkend und bedenkend im berückenden Allhier.

Vieles, was dir unnütz scheint, ist von Mir des langen und des breiten ausgetüftelt und ins Werk gesetzt und als gediegen taxiert und befunden worden.

Wer soviel von sich, wie Ich, begriffen hat, den drängt es laut hinauszujubeln, was er weiss und an die Stelle, wo er ist, ein Denkmal hinzusetzen von erhabenem Geschmack und von bestechender Natürlichkeit im artig- wie im andersartigen Befinden.

Wer kann dich besser von dem Wahn, in dem du dich befindest, sinngerecht erlösen, als Mein Zepter und Befehl. Das wird im gegebnen Zeitraum auch geschehn sowie du dir darüber klar geworden bist, dass es so wie bisher mit dir nicht mehr weiter gehen kann. Geöffnet sind die Schleusen, die dem Unsinn den Garaus und dem Sinn den Eintritt in des Lebens Laufpass statuieren.

So gewinnt dein Dasein Form und Farbe und du fürchtest dich vor nichts mehr wie zuvor. Deine Wahl und Auswahl ist von Mir getroffen worden und du Bist fortan ein Seinsgesegneter und Reüssierender nach Meinem Göttersinn und Stil.

Deine Segel sind geschwellt zur Ausfahrt ins unendliche Gedeihen und dein Wohlgefühl am Sein und Leben wird von keinem Anderen mehr übertroffen. Vielmehr übertriffst du dich nun selber in Bezug auf Seinsvertrauen und Empfindsamkeit für das, was *Ich* dir schmackhaft und plausibel mache, innigen Gewährens.

1.16

Meines Sonnenwirkens Allegrie bestimmt Mein daseinsfreudiges Den-ewigen-Tag-Erwarten. Mein gottseliges Kalkül ergibt ein Bild der Hoffnung auf ein Wiedersehen mit Mir selbst im Seinsnatürlichen.

Mitten in des Lebens Trott Bin und bleibe Ich Mir Meines Seiens Meister und Geselle, in der Seinsgeselligkeit, die wir uns miteinander teilen. Was du dir Bist, ergibt sich zweifellos aus dem, was

Ich Mir Bin, im unergründlichen Betrieb. Mein Sein ist grandiose Wirtschaft bis ins Detail Meiner Inkarnationen und erfüllt sich in sich selbst zusammen mit dem virtuosen Anhang, den es sich voll Güte und Gelassenheit geschaffen.

Modisch sein heisst, mit der Zeit und ihrem unvermeidlichen Gedränge und Gepränge munter vor Mich hinzugehn, um einzusammeln, was Ich einst gesät und was Ich schon für alle Ewigkeiten gutgeheissen habe.

Von einem Veto gegen Meine eigenen Entschlüsse konnte nie die Rede sein und so gewann Ich freie Fahrt und Fährte allem froh entgegen, was Ich schon von Anbeginn auf's Überragendste und Wunderbarste zu vollenden Mir befahl.

In grosso modo liess sich alles, was Ich je begann, vorzüglich an und musste weder nachgebessert, übertüncht oder neu errichtet werden. Das hatte dann die Konsequenz, dass Meiner Kräfte Bund sich in verblüffender Effizienz und Virulenz entfalten konnte. Sinn- und Zeitgemäss ging alles, was Ich angestossen hatte, auch vonstatten und bewährte sich für Zeit und Ewigkeit wie's Tüpfchen auf dem I.

Nun darf Ich losgelöst und lächelnd, was Ich Mir erschuf, betrachten und Meiner Freude Ausdruck geben über das begeisternde Gelingen Meiner fabelhaften Innovationen.

1.17

Wem willst du denn in aller Ehre, Eile und Beredtheit gleichen? Niemand ausser Mir, der dich beseelt und gängig macht, aufbaut und verschwinden lässt von deinem Auftritt auf der Weltenbühne. Kategorisch soll er sein, energisch und brisant mit allen Mitteln, die Ich dir aus Meinem unermessnen Fundus zur gefälligen Verfügung halte.

An Mein Sein geschmiegt, sollst du, von stetem Schöpferdrang beseelt, auf's allerbeste reüssieren in den Sparten, Eigenarten und Beglückungen, die du dir zum Gegenstand der Lust und Liebe auserwählt.

So kann alles, was du Bist und hast, zu deinem Vorteil und Gewinn gereichen, wenn es sich nur in Treue und Ergebenheit auf Meinem wohlbedachten und vernünftigen, redlich vorgestellten und bestellten Pfad bewegt.

Was Mir bisher so unumgänglich wichtig und gewichtig war im Weltenleben, muss es auch weiterhin und -her in allen Meisterzügen bleiben, die Ich Mir seit eh und je auf's Imponierendste geleistet habe.

Willst du erkennen, durchkämme vorerst einmal deines eigenen Gewissens Wildwuchs und Begehren, um wenigstens das allergröbste Ungeziefer und Gelichter auszumisten, damit dein Sinnenleben mählich einen Sinn erhält von Meiner Vielfalt, wie von *Meinem* Seinserleben.

Ich halte treu zu dem, was Ich in dir mit soviel Verve und Wohlverstand geschaffen habe und *du* sollst es mit deiner Einsicht und Ergebenheit, Klugheit und Kooperation mit Mir zu einer Glorie von unendlichem Bedeuten führen, wie von einer Seligkeit des Seins, die nimmermehr verblüht.

Randvoll soll dein Herz und dein Gemüt sein von der Dankbarkeit, die dich ob deinem Glück beseelt und die dich immer näher zu Mir führen soll im unergründlichen Gehaben.

Du kannst mir alles Mögliche beweisen und erweisen, doch im Grund genommen will Ich nur die treue Liebe zu Mir haben, die dein Herz zu alledem bewegt, was gut und gütig, wohlgestalt, bewundernswert und menschenfreundlich ist in deinem Leben.

1.18

Ich Bin von Sein zu Sein ein seliges Vereinen aller Kräfte, die sich unaufhörlich in Mir regen. Das verleiht Mir Fähigkeiten und Begriffe, die für dich noch weitab jenseits deiner Möglichkeiten liegen.

Trotzdem fallen sie dir wohldosiert und laufend zu, wenn du in getragener Prudenz von Fall zu Fall in Meine Höhen dich begibst, ins unermessliche Geheimen.

Lautlos ändern sich die Weltendinge, von Meinem Geisteswind getrieben, in äonenlanger Fahrt zu dem, was sie im Heute sind und was sie auch im Künftigen zu sein versprechen, über allem Werdeweh.

Siehst du, wie Ich den Pulk der Möglichkeiten auseinander und ins sternenweite All getrieben habe, um Mich zu entfalten und Mich selber zu verwalten, unbegrenzt und simultan.

Tust du das Deinige zu dem hinzu, was Ich dir schon voll Güte und Manierlichkeit verliehen habe, gewinnt dein Ansehn ein beträchtliches Format und wird von allen Geisteswesen tunlichst respektiert in ihren lichterfüllten Reichen.

O selig, wer sich solcher Machart und gottseliger Gediegenheit erfreut und sie in sich selber umsetzt, um Mir einen veritablen Dienst und Herzensdank voll Inbrunst zu erweisen.

Wohin Ich immer mehr tendiere ist, die Meisterschaft des reine Seins und Sinnens zu erreichen, die sich in sich selber generiert und ohne jeden Anspruch existiert als dem Empfinden ewiger Glückseligkeit und Wonne, Heiterkeit und Seinsgediegenheit im Reinen.

Das alles soll dann auch von dir gewollt, realisiert und auf's Entschiedenste genossen werden. Vom Rand zur Mitte wirst du streben und in ihr ins Glück der Sterne übergehn. Das sind die Weiten Meiner Geisteswirklichkeit im Numinosem, die ihr Sein sich selbst verdankt und sich voll Wonne und Genügsamkeit, Holdseligkeit und Minne durch das Zeitenlose webt.

2

Geist vom Geist der Inspiration

2.1

Geist vom Geist der Inspiration darf Ich Mir sein in universenweit verbreiteten Dimensionen.

Da ist nichts mehr zu beschönigen, weil Ich die Schönheit selber Bin in makellosem Seinsgelingen. Das Sonderbare ist in Mir zum Einen allseits in unendlichem Erhabensein geworden, dessen Ich Mich rühmen, freuen und bedenken kann in holdselig aufgemachten Multivisionen.

Aus Urgewalt kann Ich, was Ich Mir Bin, auf's allerköstlichste befördern und ihm jenen Touch und Turnus, Seinsspagat und Zirkelschlag verleihen, die schon immer Mein Begehr und Meine allergrösste Sehnsucht waren.

Kommandieren mag Ich nicht, aber als vollendet vor Mich hin drapieren ist Mein eigentliches Metier, an dem Ich seit Urzeiten Meinen Hang entfalte und ihm Wirklichkeit und Wesenhaftigkeit in Corpore verleihe.

Ich Bin nicht prüde, wenn es sich um eine silberglänzende Performance handelt, die jedermann besticht und Aufsehen und Begeisterung in aller Welt verbreitet, einem Flächenbrand und einer innigen Beseligung und Wonne zu vergleichen.

Ich stürze Mich voran und Bin Mir selber Stütze, damit kein Sturz dem Unterfangen Einhalt bieten kann in seinen kosmischen Bezügen.

Das Gutturale ist zum Minnesang an Meine eigene Natur geworden und gehört von Vers zu Vers ins Guinnessbuch der laufenden Rekorde eingeschrieben. Das offenbart dann Mein ureigenstes Vermögen, universenweit bewundert und im Licht des wahren Seins gesehn.

Was Ich bewundere soll auch für dich zum wunderbar gediegenen Gedeihen, das da *ist* und immer sein wird, werden. Von Mir ist es erwählt und komponiert, fraternisiert und vom Erstarren mählich wieder in die Lebenslust des Geisteshimmels aufgehoben worden.

Mir nichts dir nichts kann so Überragendes und Geniales nicht geschehn. Da müssen alle Wesen an demselben Stricke reissen und sich schliesslich selig heissen in des Seins so sehr beglückendem Revier.

2.2

Partiell ist alles, was Ich Bin, dergestalt, dass das Eine von Mir sichtbar ist, das Andere jedoch in purer Geistigkeit verborgen. Das macht es für dich schwierig, dir auf den eignen Grund zu gehn, weil das Offensichtliche, Verstandesmässige nicht fähig ist, das über ihm Agierende gedanklich zu erfassen und es mit einen angemessnen Namen zu versehn.

Ich hingegen habe Mich schon immer als *Ich Bin* begriffen, das sich das zeitenlose Sein zum Aufenthalt und Status, zum Begriff sowie zur unermesslichen Glückseligkeit erwählt.

Willst du demselben Idealbild angehören, so bilde deine Keimkraft aus in Sachen innewohnender Vernunft am Sein und Leben, die dich mit grosser Umsicht vollbewusst und unfehlbar in eine gloriose Zukunft führen.

Sie wirbt beständig um Vertrauen in ihr richtungsweisendes Konzept und ihre klassische Regie, die alles gut macht, was verunglimpft war und allem Schub verleiht, was drohte in ein Grounding zu geraten.

Auf dich allein kommt es schlussendlich an, ob du Mich akzeptieren und prästieren willst, als deines Daseins innewohnende Instanz, Substanz und seelenvolle Meisterin, die ihr Sein in dir versprüht und dich dem Seligsein verbündet in bewundernswürdiger Manier.

Kannst du schweigen, schweige dich in zarter Stille ganz in Mich hinein und erfahre, was es heisst, gestillt zu sein in ewiger Beschaulichkeit und makellosem Seelenfrieden. Darinnen laufen alle Fäden deines Lebens schlicht und seinsgerecht in eins zusammen, das du Bist und das Ich Bin in dir und deines Daseins gottbegnadetem Begründen.

Du lebst dich mählich ein ins neu gefundne Domizil, an dessen Türschild steht: Ich lebe, liebe und Bin einig mit Mir selber, im Bewusstsein Meines eigenwilligen Regierens.

Was nicht ist, kann werden, sagt der gute Florian, doch Ich kann dir ungeniert versichern, dass es schon *ist* auf *Meiner* Plattform, wie in Meinem allerinnigsten Begehren. Schau in dich und geh damit aus dir hinaus in Meines Universums silberglänzende Plejaden.

2.3
Projekte, wie das Meine, sind von welterschütterndem Bedeuten und kommen dann am

trefflichsten zum Tragen, wenn die daran Beteiligten unisono und konstant denselben Stricke bedienen.

Kannst du ermessen, was das für dich heisst, wenn du als eines Gottes Diener, Delegierter und Verbündeter agierst, um seine Pläne für das Universensein bewusst und wesentlich voranzubringen.

Willfährig bis ins letzte Gedeihen musst du dabei vorgehn, damit auch nicht *ein* Härchen deinetwegen in der Weltensuppe schwimmt, die Ich für alle mit Bedacht und Zuversichtlichkeit bereitet habe.

Was du Mir verdankst, ist kaum mit guten Worten auszusagen. Es erfordert deine allerhöchste Dankbarkeit Mir gegenüber, wie deinen besten Willen, deine Schuld nach Strich und Faden auszugleichen

Nicht nur auf die Menge kommt es an, sondern explizit auch auf die Qualität, mit der du dich am Sein der Welt und ihrem trefflichsten Gedeihen wissentlich beteiligst, um der guten Ordnung willen, die Ich jederzeit mit Vehemenz und Stimmungsmache postuliere.

Meine Gründe sind die Deinen, sowie deine unbedingt und unverhohlen auch die Meinen sind in der Verwaltung und Gestaltung der Elan erheischenden Geschäfte, die wir mit Glanz und Glorie selbander zu erfüllen haben.

Was heisst veredeln, wenn nicht auf den Punkt und auf die Kippe bringen, wo etwas sich vollendet oder abstürzt in das bodenlose Nimmermehr.

Mir kann alles recht sein, was geschieht, dir aber schwirren noch zu viele Sörgelchen ums Haupt, die dich mutwillig in Verwirrung bringen und deinen Status als Gottmensch zu beschädigen versuchen. Da muss Mein Griffbild auch das Deine zu den Sternen heben und dir Gewissheit schaffen von der Majestät, die du verkörperst und die durchaus in Meinem Willen liegt des grandiosen Universenschaffens, wie des Gleitens über seinsbeglückte und auf's innigste entzückte Galaxien hin.

2.4

Momentan geht vieles drunter und drüber, was zu normalen Zeiten ordentlich und wohlgemessen seinen Weglauf ging. Das ist so, weil die guten Leute ihren Sinn für Meine ausgezeichneten Errungenschaften und Befestigungen, wohlgeordneten Strukturen und erhabenen Empfindungen zum grössten Teil verloren haben.

Da braucht es tiefe, stille Einsicht in das wahre Weltenwesen, das Ich Bin, um unbehelligt, unbescholten, heiter und vergnüglich dazustehn und seines Amtes seinsrecht zu walten in der Zeit Vorübergleiten.

Was du allmählich ohne Mich bestimmt und ausgemessen hast, definiere wieder Ich in Meiner unabhängigen und resoluten Weise, an die Dinge dieser Welt wie jener klargesichtig und erfinderisch heranzugehn, um ihnen ausgezeichneten Erfolg und fabelhafte Folgerichtigkeiten zu bescheren.

Mein Gewinn beruht auf dem Durchdringen der Gegebenheiten mit der Einsicht, dass sie alle Meiner Schöpferkraft und Genialität entspringen, die in keiner Weise mehr an Schlagkraft und Gerissenheit zu überbieten sind.

Sie ziehen sich wie rote Fäden unverwüstlichen Elans durch die Textur des Lebens, die Ich wohlbedacht in eins mit Mir geflochten habe.

Erlangst du Kenntnis von dem Sinngehalt und Paternoster, die damit verbunden sind, gehst du frei und fröhlich aus dem unergiebigen Schlammassel, den du dir bereitet hast, hervor und darfst dich hocherhobnen Hauptes zeigen vor der Welt, in die du dich voll Weisheit und Ergiebigkeit hineingeboren.

Kannst du schweigen, schweige dich in Mich und Meine Art zu sein hinein und fasse wieder wohlbegründetes Vertrauen zu dir selbst und damit auch zu Mir, dem alles angehört, was *ist,* und der die Wesen alle liebevoll behütet, die er aus sich heraus gestaltet hat, voll Liebe und Erwarten, dass sie in ihm ihre Seligkeit und Seinsbewusstheit finden werden.

2.5

Sei und prüfe deine Lage, damit du ihr gerecht wirst, wenn der Donner dich erreicht aus Meinen Götterregionen. Es kann sein, dass dich das Unheil trifft, dann soll es dich gewappnet finden und bereit, als Sieger und bewundernswerter Held aus ihm hervorzugehn.

Mit dieser Absicht und gewissenhaften Attitüde Bin auch Ich schon, seitdem Ich weiss, gewinnend auf dem Weg gewesen und habe Mich zu dem ermächtigt, was Ich unverzüglich tat.

Im Kern Bin Ich dabei beweglich und zugleich stabil geblieben, ohne je nur einen Deut vom Ziele abzuweichen, das Ich Mir vorgesetzt und als begehrenswert markiert und anempfohlen habe.

Ich denke, nun bist *du* daran, mit derselben Kampfkraft und gewissenhaften Planung vorzugehn, um jenen Standpunkt zu erreichen, den Ich für dich vorgesehn und eingezirkelt habe.

Mein Pensum ist erfüllt im universenweiten Aufbau und Gelingen, nun ist das Deine dran, indem du Meine Ideale weiterführst und ihnen einen Touch verleihst von götterlichtem Wohlbehagen. Du bedienst dich dabei der Erkenntnis Meiner Güte im Paradelaufen, wie der ausgesprochenen Gelassenheit, mit der Ich ständig und inständig operiere.

Hast du erkannt, mit welchen Kräften Ich Zeit deines Lebens in dich fahre, bist du ohne Zweifel dazu motiviert, dich als Held und Hauptmann herrisch durchzuschlagen.

Nun gut, es muss an Mir auch eine andre Seite geben, die sich in elysischer Geborgenheit und Minne durch die Liebesgärten zieht, die Ich Mir wohlweislich und gekonnt geschaffen und zur vollen Blüte hochgezogen habe.

In ihnen darfst auch du lustwandeln und an ihrem sagenhaften Anblick vor Entzücken fast vergehn. Es dominiert das Liebliche und Lächelnde in ihnen und gewährt dir eine Wonne ohnegleichen. Wie nicht von hier durchwandelst du ihr gottesgeistiges Befinden und empfindest dich als Geist von Meinem Geist in unerschütterlich beglaubigter Manier.

Du Bist dabei als Teil von Meinen Teilen auch das Ganze, liebevoll und ewig heiter dir geworden, mit der Aussicht auf beglückende und seelenselige, fabelhafte und von Mir geheiligte Unendlichkeiten.

2.6

Das ist de Facto eine Verschwendung von geistigem Material, wenn du nicht sogleich die rechten Worte findest, um das auszudrücken, was du noch nicht weisst in deinem Dich-Bedrängen.

Du hängst an Unter- oder Überlängen und vertrödelst deine Zeit, statt unvermittelt auf das zuzugehn, was *Ich* dir leisen Grolls besage.

Dann aber lässest du die Worte frei heraus und fertig sich verströmen in die Bildung neuer Bilder und bemerkenswerter Kostbarkeiten sprachlicher Natur.

Du beginnst, wie aus dem Eise aufzutauen und genierst dich nicht mehr davor, heiklen Dingen auf den Grund zu gehn. Was dabei herauskommt, soll dich weiter nicht erstaunen, denn es ist von Mir ein Zeichen des unendlichen Begabens, das Mir bestens liegt und dem Ich Meine höchste Anerkennung zolle.

So gesehn ist alles, was Ich strikt beim Namen nenne, eine Wahrheit überirdischen Begabens, die dich in der Überzeugung stärken soll, dass du ein Wesen Bist von geistigem Format und mit der Fähigkeit begabt, in Meinen Welten ungeniert herumzurohren.

Wie fühlst du dich dann frei, wenn du dich wie nichts an Mich gebunden und um Mich gewunden hast und damit mit dem Privileg begabt bist, vollends einer veritablen Gottheit zu gehören.

Du figurierst in aller Form und Farbe unter denen, die zum Sein erwählt sind in den Tiefen Meiner Tunlichkeit, Bedeutsamkeit und Gnade des unendlichen Erwartens.

Es sei, dass du, was *Ich* Mir Bin, voll Nerv in dir vereinigst als das Nonplusultra aller gloriosen Applikationen.

Dein Sein ist wesentlich und geistvoll überirdisch und von Mir begabt geworden. Du schwimmst in Freuden über diesem Deal, wie über das erhabne Ziel, das du erreicht hast sukzessive, ohne jedes Wenn und Aber, in der beglückenden Gemeinschaft, die wir wie aus dem Nichts in wunderbarer Harmonie begründet haben.

2.7

In der Gemeinschaft mit dem Allgemeinen Bist auch du etwas, nachdem du vorher für dich selber Null und Nichtig warst. Nach diesem Ansatz und Prinzip kannst du über alles, was da *ist*, ein seinsgerechtes Urteil fällen. Du besitzest Kraft von Meinen Kräften und Erhabenheit von Meinem universenweiten Resümee, die dir den Status eines gottgesegneten Idylls verleihen.

Was für Mich recht, muss für dich billig sein und was in Meinem universenweiten Wirkkreis existiert, muss auch in deinem im Prinzip genauso existieren.

Was dich betrifft, so magst du noch so trefflich scheinen, ohne *Meinen* Inhalt und Befehl kann in dir nichts Vernünftiges und Überragendes vonstatten gehn.

Gib es doch zu, dass du mitnichten weisst, wer du in Wahrheit Bist und wessen alles überragendes Gedeihen dich von Sieg zum Siege führt in deiner kämpferischen Attitüde.

Ich lasse dich bewusst und seinsgewiss, manierlich und glückselig werden in dem Masse, wie du wirklich Spuren finden willst in Mir und Meinem götterlichten Seinsgehaben. Sie führen allesamt zu Meines Seins Gemeinschaft mit den Meinen und lassen niemand darben, der sein Wesen vollends zu Mir wendet, dass es in dem Meinen aufgeht, wie noch jede Rechnung in der mathematischen Galanterie.

Du begreifst mit weit ausholender Gebärde, was und wer du Bist, in deiner minikrimen Heimstatt, wie im uiversenweiten Dich-ins-Sein-Verfluten. Das ist das gewisse Etwas, das dir bislang gerade noch gefehlt hat für den ultimaten Auftritt als Erwachter und Begnadeter von Meinem Duktus und Format.

Hingelenkt zu Mir wirst du gelenkig, wie ein Wiesel und beständig, wie noch jedes Standbild auf der Piazza mitten im besonnten Häusermeer.

Sieh dein Glück im Sein und lass es um des Himmels Willen nie und nimmer fahren.

2.8
Profunde Seinsbeglückung ist dein Los, wenn du begriffen hast, wie sehr Ich deines Daseins Hüter Bin und deines Wesens Stärke in dem Wirrwarr, wie der Ungewissheit, die dich neuerdings befallen.

Hältst du dich für Weise, dann gelobe dich Mir an und sei dabei zutiefst ergriffen von der Überzeugung, dass du unverletzlich, geistbedungen und gottselig Bist in deines Daseins wunderbar von Mir geprägtem Unterfangen.

Ich wecke in dir auf, was sich dem Schlaf ergeben hat in deinen Seelengründen und gewähre dir den Vorschuss an Vernünftigkeit und Sitte, die dich, wie aus weiter Ferne, unvermittelt wieder zu Mir führen.

Das Klägliche verschwindet und du baust dir einen Turm unendlichen Vertrauens hin zu Mir, von dessen Zinnen du die Aussicht in Mein Reich der tief verwurzelten Gerechtigkeit am Sein und Leben überschauen kannst wie nie zuvor.

Die Bande zwischen dir und Mir sind wieder fest und firm, festlich und verbindlich angezogen und vermitteln beiderseits ein Wohlbehagen ohnegleichen.

Da läuft alles wie am Schnürchen Meiner Absicht und Gewähr entgegen, dass du Bist das Wesen des unendlichen Befriedens aller Wünsche und Bedachtsamkeiten, in der Melodie des Seins von Meiner Eigenart und Wohlbkömmlichkeit im Himmelblauen.

Du spinnst und spinnst und hast das Spinnen nie gelernt, bis du auf den Gedanken kamst, es mit Mir und Meiner Entourage in allen Ehren wieder zu versuchen. Da ist dir klar geworden, wie einfach sich die Lebensdinge in des Gottes Reich und Reichtum zum vollendeten Ergebnis arrangieren, das da heisst: Holdseliges Erwarten dessen, was noch kommen mag sowie bekräftigen, dass alles gut und gütig wird, besänftigt und entschieden, wie es Mir gebührt im Vollzuge Meiner Wohlbekömmlichkeiten.

Was da bei Mir *ist*, wirst auch du im Seinsbegriff verbindlich und gefälligst ebenso erfahren und es zu schätzen wissen in der seligen Vertrautheit mit dem götterlichten Sternenmeer.

2.9

Ich darf in Meinem Hiersein schon die Götterherrlichkeit erfahren, die allem innewohnt, was *ist*, und die nun auch in Mir zur vollen Geltung kommt im Wunderbaren.

Was sich da abspielt, kann nur als die höchste Seinsbegeisterung bezeichnet werden in der Ahnenreihe von Beglückungen, Beförderungen und Gewissheiten, die Mir in eigner Kompetenz zuteil geworden sind.

Ich seh die Ungewissheit schwinden, die Mir bisher den Nacken beugte und Mein Ich in einen aberhundertjahrelangen Schlaf versetzte, aus dem Ich nun, wie durch den Prinzenkuss, erwacht Bin zur gotteswürdigen Bewusstheit und Beseligung.

Fraglos und innig seh Ich Mich von exzellenten Geistern rings umgeben, die Mein Ein und Alles sind und Mir den Status eines gottgeweihten Sonderlings verleihen, der vom gewöhnlichen Verstand nicht mehr begriffen werden kann.

Gerade das ist es, was bei dir durch Jahrhunderte akzelerierender Gescheitheit immer mehr verloren ging, bis du nun mit abgesägten Geisteshosen dastehst, als ein Banause in Bezug auf dein von Mir in dich geheimnistes Verhalten.

Du Bist und ermangelst noch des damit inniglich verbundenen Verwaltens deiner Angelegenheiten in gottbegnadeter Manier, die dir in allen Sparten deines tätigen Lebendigseins durchgreifenden Erfolg beschert im Sinne Meiner unerhört gefälligen und figalanten Eskapaden.

Mir ist vergönnt ein Ass zu sein im Spielraum der Giganten, die das Universensein bevölkern und ihm ihren Stempel aufzuprägen wissen in der Art und Weise, wie es eben Götter zu vollbringen pflegen.

Mein Befinden ist im Kleinen kitzeklein und im Immensen grandios, womit Ich sage, dass Ich alles Bin, was *ist* und dass sich Meine Güter und Gelassenheiten, Wohlgerüche und Verständnisse schlussendlich im Unendlichen verlieren.

2.10
Meditationen einer gottgesegneten Monade nenne Ich, was hier vonstatten geht und was die Menschenwelt verändert der allweiten Seins-Bewusstheit sinngerecht entgegen.

Ich liebe es, gerade dich als Beispiel wahrer Menschlichkeit, Bewusstheit und Beschaulichkeit am Sein und Leben vorzuführen. Das setzt sich fort in ein Vertrauen ohnegleichen, das du zu Mir hegst und das nie genug gepriesen werden kann.

Deine ethischen Gefühle stimmen prächtig mit den Meinen überein und finden sich in jeder deiner Gesten wunderbarer Menschengüte wieder.

Von Mir aus kann das immer so und sogleich weiter gehen, um das Weltbild zum Gediegnen und Erhabnen zu verändern, Meiner Absicht und Entschiedenheit gemäss..

Allen, die so zuverlässig und markant geworden sind, kann Ich von Meiner hohen Warte aus nur bestens gratulieren und ihren Hang zum Gutsein estimieren nach der Regel: Macht nur tüchtig weiter so.

Alles, was von Mir beauftragt und beschlossen wird, trägt das Siegel der beglückenden Natürlichkeit, wie der gebührenden Ressourcen, die es weiter bringen und schlussendlich zur gottseligen Vollendung führen wollen.

Was Mir recht ist, soll von dir gebilligt sein und in jeder Weise unterstützt im Zeitlichen, wie im allewigen Gebaren.

So schreitet, was da *ist*, gezielt und folgerichtig durch Jahrtausende voran und macht sich breit und lang im erdgebundnen wie im überirdischen Gefüge.

In Mir ist alles unbedingt im Lot und lässt sich weder kippen noch verbiegen. Meine Pläne sind mit wunderbar berechneten und ausgesuchten Varianten so versehn, dass am Ende alles stimmig ist und sich als Wurf entpuppt im Zarten wie im Grandiosen.

Willst du endlich mit Mir an derselben Leine ziehn, mache Ich dich zum Prorektor Meiner Schule und gewähre dir die Freiheit, so zu herrschen, wie es dir wie Mir auf's Wohlgefälligste gefällt in gottseligem und weltenklugen Selbstgenügen.

Alles überragend ist, was so zustande kommt in Generationen weiser Häupter, wie in den verehrenswerten und von Mir behüteten Protagonisten der Geschichte, die das Herz der Welt zur Zärtlichkeit und warmgefüllten Lebensliebe führen.

2.11

Einen Umbau ohnegleichen lasse Ich vonstatten gehn durch Meine Bruderschaft im kosmischen Gefüge. Steten Bittens immer heller wird der Himmel Meiner Träume und verliert sich in den Weiten dessen, was er *ist*, dem reinen Sein ergeben.

Bist du entsprechend ausgerüstet, kann es dir gelingen, bis in die Geistessphären vorzudringen, die sich als die Welten-Schaffenden verstehn. Dort kurieren die erhabenen Gebieter ihrer Zonen das, was kränkelt und der Korrektur bedarf in subtil geführten Zügen.

Manches muss dabei als unnütz auf der Strecke bleiben, anderes wird neu belebt und kann sich rühmen, als im Kreis der Götterherrlichkeit zu wirken und sich mit ihr auf's allerbeste zu verstehn.

Was du noch nicht begreifst, wird von Mir bis ins allerinnerste begriffen und trägt sich so als geistige Potenz gebieterisch dem uralten Geistesall entgegen.

So wie *Ich* dahinter Bin, musst du dir bewusst sein, dass du ganz vorne Bist im Hang den Gang der Weltgeschichte zu betreiben. Das ist ein nie verebbendes Projekt und Seinsprofil, an dem die Göttlichen seit eh markante Wohlgefälligkeit empfinden.

Dabei geht es immer um den Trieb zum Sieg sowie um die Gestaltung neuer Numinositäten, die gar vielen noch als undurchdringliche Gespinste und Verirrungen erscheinen.

In Meinem Hang zum Disponieren aber sind es ausgezeichnete Erfindungen, die zur gegebnen Zeit Beachtung und Bewunderung bewirken. Das hebt sie dann vor aller Augen auf den Sockel der Unsterblichkeit, den sich die wahren Pioniere mit enormem Fleiss und Fluss errungen haben.

Willst du einer von den ihren sein, so musst du brüderlich mit Mir zusammenspannen, um dem Universensein den wohlbedachten Kick und Kniff und Kunstgriff zu verleihen, die es in ungeahnte Fernen und verblüffend heitere Holdseligkeiten tragen.

2.12

Tiefgründig Bin Ich und von guten Geistern rings umgeben, die Mir stets die Stange halten und darauf erpicht sind, Mich durchs Band auf alle Fälle zu begleiten auf und ab und hin und her.

Was immer Ich erlese, lese Ich mit aller Sorgfalt aus, damit es in den Rahmen passt, den Ich um alle Meine Lebensdinge liebevoll geschlagen.

Was Ich hier erwähne hat den Zweck, dich aufzuklären über die Verhältnisse, in denen Ich Mich schon seit altersher bewege. Was Mir günstig scheint, ergreife Ich sogleich und sorge dafür, dass es wachsend neu erblüht unter Meiner seinsgeschichtlichen Regie.

Bist du willens, dies und ähnliches auch einmal zu versuchen, mache Ich dich fit und fröhlich, wohlgemut und fabelhaft dazu. Dann wird dir alles, was du willst, auf's trefflichste gelingen und dein Vokabular des Dankens scheint kein Ende mehr zu finden.

Was immer gut an allem ist, Bin Ich bestrebt, noch besser und noch würdiger aus sich selbst hervorgehn und prosperieren zu lassen, damit es jedermann erfreue in der Lebenszeiten Licht und Los.

Das wird dann für Mich bindend, bildhübsch und gediegen und vertraut sich dir auf eine Weise an, die dich besticht und dir das Dasein köstlich macht und silberhell in so und so viel zauberhaften und beglückenden Reflexionen.

Wo immer du in Not gerätst, Bin Ich schon da, um dir mit raschem Griff und glorioser Wendung sowohl aus der Patsche, wie aus dem Malheur zu helfen, in die du dich, naiv wie immer, unverhofft begeben.

Du kannst Mir glauben, dass Ich immerzu bestrebt Bin, deinen Zügen Heiterkeit und Helle, Wohlfahrt und dezente Fantasie hinzuzufügen. Das frischt dich auf und macht aus dir ein Zeugnis wunderbarer Menschlichkeit und Sitte, das von allen akzeptiert und nachgeahmt wird mit begeisterndem Elan.

Dies alles bringt für dich so viel, dass du schlussendlich wahre, bare Freude in dir findest, die dich ohne jeden Zweifel höhwärts und mit Mir verwandt ins wundertätige Elysium geleitet.

2.13

Was Ich hier verlauten lasse, soll eine Rede an die Lebewelten sein, aus der hervorgeht, dass Ich ihres Seiens Ursprung und Gezwitscher Bin, seit unzählbaren Generationen.

Ich verkünde Wahrheit, Seinsgerechtigkeit und Solidarität mit allen Wesen, die sich auf dem Weg zu Mir und Meiner Herrlichkeit befinden.

In die Weiten der Unendlichkeit zu laufen, hab Ich sie erwählt und Bin dabei ihr Vorbild und Gewissen, ihr Sinngebet, wie ihre Geisteswirklichkeit geworden.

Was immer Ich erwähne, ist von Mir auf's delikateste erwogen worden und trägt das Siegel himmlischer Gelehrsamkeit in aller Form und Fülle liebevoll voran.

Was du auch verhandelst und verbandelst, ist zuvor von Mir zum Sein bestimmt und auf den Schild wahrhaftiger Hintergründigkeit gehoben worden. Das schlägt als Positivum wunderbar zu Buche und bedingt ein aufmerksames Auge, um es schliesslich wahrzunehmen und zu schätzen in der Welt der hunderttausend Schätze, die Mir eigen.

Gross Bist du und heilig, sagt der Wicht und Wichtigtuer immerzu zu Mir und weiss nicht, dass dies Statement auch für seinesgleichen gilt im Handumdrehn.

Voll Liebe will Ich das betonen und noch jedem innewohnen, der sich auf das Sein beruft in seinem Wirkmass und Genesen. Er kann Meiner Treue und Gerechtigkeit gewiss sein allezeit, die ihm von Mir gespendet, zugehalten und vermittelt worden ist mit einer Gerste der Grossherzigkeit und Seinsgewissheit von erklecklichem Format.

Das alles kann Ich dir versichern ohne dabei rot zu werden und ins Zittern zu geraten.

Meine Worte sind so wahr, wie Edelsteine glänzen und wie die Stimme Meiner Stimmung Seinsglückseligkeit, Geborgenheit und ewige Heiterkeit gewährt.

2.14

Brichst du auf, so laufe Ich mit dir in völlig unbekannte Fernen und stärke dich dabei mit dem Elixier der Hoffnung auf holdseliges Gelingen.

Begleiten und erweitern deiner Sicht, auf was du Bist, ist schon immer Meine Pflicht und Mein Erfordernis gewesen.

Merkst du auf, so kann Ich dir noch allerlei zum Besten geben, was dich interessiert und unbedingt zu deinem Lebenslauf gehört im unermesslichen Getriebe.

So soll es fortan mit uns stehn und soll an dem Genüge finden, was wir einander in der Weltschau sind und auch für ewig bleiben.

Du gierst nach Neuem und Ich trachte danach, es dir ohne jeden Prunk und jedes Aufsehn täglich mitzuteilen, damit du an dem Teil hast , was Ich immerzu im Weltensein erlebe.

Es steht in Meinem Almanach brandrot geschrieben, was in deinem Schicksal durch Unendlichkeiten fällig war und wie du mit ihm umgegangen bist in deinen mannigfachen Nöten.

Ich bringe dir von ganzem Herzen dar, was dich dazu ermuntert, dranzubleiben und mit ihm damit den Sieg davonzutragen.

Du kennst die Werte, die Mir Ein und Alles sind in der Bewertung deiner Züge und du weisst, wie sehr Ich darauf poche, dass sie pünktlich und entschieden generiert und eingehalten werden.

Mein Regime bevorzugt jene, die unbedingt und tapfer zu ihm halten wollen und lässt alle hinter sich verblassen, die sich im Eigensinnigen ergehn.

Mein Manifest lädt, hoch in Himmelshöhn erhoben, alle Mündigen dazu ein, noch besser und vertrauensvoller, zuverlässiger und würdiger zu werden für das Amt, das Ich für sie ausersehn und eingerichtet habe.

Es wird ihrem Sein Erfüllung und Bewunderung bringen, wenn sie auf der Spur von einer Gottheit fürbass gehn. Sie werden Mich nicht mehr verkennen und Meinem Walten ihres beizufügen trachten mit der Überzeugung, dass es ihnen Heil und Heiligung, Glückseligkeit und Unermesslichkeit beschert.

2.15

Drangsal kann dich davon heilen, unnütz und vergrämt herumzulaufen, denn du hast was Wichtiges zu tun in der Geschichte deines Lebens.

Was du von Mir lernst, hat immer den Aspekt der Herzensgüte, mit der Ich Meinen Gläubigen begegne, um sie im Wohlgefühl des praktikablen Seins zu halten.

Du gewahrst den Unterschied zwischen Schroffheit und manierlichem Betragen und fängst selber an, dich wie ein Gentleman und Friedenstifter aufzuführen. Dein Haupt erhebst du, Mir und Meinen Gütern zu, die Ich dir schon immer liebevoll, freigiebig und entschlossen übermittelt habe.

Wer kennt die Phrase nicht: Ich habe keine Zeit und gerade du tendierst danach, sie auf dich und dein enorm gesteigertes Beschäftigtsein ausgiebig anzuwenden. Dabei solltest du beständig wiederholen: Ich setze mich für alles ein, was mir vernünftig und erbaulich scheint, in meinem träfen Überlegen.

Was *Ich* gekonnt und bestens ausgerichtet habe, soll auch dir zum Anlass werden, tätig und vernünftig vorzugehn, in deinen mannigfachen Aspirationen.

Hast du Verlangen nach Gewinn, so wimme Ich dir, was du nötig hast, um deinen Unterhalt gebührend und geziemend zu bestreiten.

So und somit geht es ständig mit dir aufwärts und deine Trauben mögen hoch und höher hangen, du erreichst sie doch und weidest dich geniesserisch an ihnen.

Weder du noch Ich haben damit den geringsten Anlass, uns über irgendetwas zu beklagen und gegen es in Stellung, Stich und Kontrapunkt zu gehn.

Was du gerechterweis erworben hast, kannst du dir alleweil ins Mündchen schieben und kannst dich daran gütlich tun in deinem wohlgemessnen Seinsverfahren.

Bald wird es auch bei dir und in dir keine Händel und Verzweiflungen mehr geben. Ich sorge dafür, dass Gelingen dich umflort und wunderbare Tänze dich beleben.

Meine Rechnung geht stets auf und deiner wird es ebenso ergehen in der Minne Gottes, die wir miteinander teilen und die uns zu Erheiterungen führt von überirdischer Natur, wie von der Grazie des Himmels, die uns allezeit und überall auf's sagenhafteste beseelt.

2.16
Mit Polaritäten musst du immer rechnen in des Daseins Manifest und Lustpartie. Sie sind dazu da, die Lebensszenen zu bereichern und sie auf den Punkt zu bringen der da heisst: Die Schalheit wird durch Gepfeffertes und die Trägheit durch Beweglichkeit und Rasse überwunden.

Fühlst du dich gepiesackt, schau in deinem Notebook nach, wo geschrieben steht, auf welche Weise du dich ändern musst, um das Ränzlein abzulegen und als Unbeschwerter deines Weges zu flanieren.

Was kann dich besser als die Einsicht treffen, dass du von Mir von Fall zu Fall und von Verhältnis zu Verhältnis hingeführt wirst, um deine Resistenz zu prüfen und deinem Wesen Up-to-date-Heit zu verpassen in des Allerhöchsten eklatanten Stil.

Du siehst dich alleweil von Mir gefördert und belebt, beachtet und der Wonne zugeführt am Sein und Leben, die dir zusteht ohnehin und ausserdem.

Mit blankem Säbel sollst du fechten, wenn es darum geht, Meine Werte, Wirklichkeiten und Verdienste zu verteidigen und sie dorthin zu setzen, wo sie den rechten Einsatz und die nötige Beachtung finden in der grandiosen Welt, wie unter Brüdern.

Was gehörig aufgetakelt ist, wird auch den Wind der Wahrheit recht prästieren, der von Mir ausgeht und noch jeder brüchigen Schaluppe frohe Fahrt verleiht auf den Gewässern Meiner Provenienz und Meinen respektablen Zielen.

Wozu Ich dich berufe ist, das Weltenheil zu fördern und ihm Natürlichkeit und Sitte, Seriosität und hohe Sinnkraft zu verleihen.

Das steht bei Mir zu Buche und kann weder ausgewischt noch durchgestrichen werden, bis es als erfüllt, prämierbar und solvent betrachtet werden kann in seinen grandiosen Meisterzügen.

Bist du endlich solcher Art gediehen, kröne Ich dich mit dem Namen dessen, der da *Ist* und dem es zusteht, sich *Ich Bin* zu nennen in der universenweiten Seinsstruktur.

2.17

Vom Sein zum So-Sein in der Welten Kraftschluss, Kinderheim und Kastenwesen. Wie hast du nur gelebt im Ohne-Mich-System aus lauter Ehrgeiz, alles selber zu gestalten und verwalten in des Lebens sagenhaftem Schulbetrieb.

Ich erkläre dir indes, worum es geht, in deinem Weltgewahren und Verniedlichen der Rolle, die du dabei spielst. Du magst dich noch so sehr als grandioser Herrscher und Gebieter über dein Besitztum sehn, vergissest du dabei dem *Meinen* Referenz und Dienstbarkeit, Kollegialität und Seinsgewandtheit zu erweisen, bist du falsch gewickelt und verfehlst dein richtig Mass und Ziel.

Deine Weltenstunde hat noch nicht geschlagen und dein Dortsein ist noch kaum bei Mir und Meinem Hiersein in den Universenweiten angekommen.

Das wiegt schwer und macht dich leicht auf Meinen Schalen der Gerechtigkeit am Sein und Leben, die Ich alleweil und innig propagiere.

Was kündet sich dir von Mir an? Eine Remedur und Rezeptur, die dich vom Unheil heilt, in das du dich frivolerweis und unbewusst begeben. Deine Züge, Zyklen Zaubereien und Bezüge hellen sich allmählich auf und schicken sich dabei ins unvermeidliche Selbander mit der Art und Weise, wie *Ich* zu regieren und prästieren pflege.

Ich lasse Meinen Willen überall geschehn, wo *Ich* sowohl die Hand und auch das Vaterherz im Spiele habe. Das schafft Ordnung sowie bessere Bedingungen für eine Wohlfahrt, Sensibilität und Sicherheit im Ewigen, dessen überragender Magnat, Minister und Erhabener Ich Bin im Schoss der kosmisch aufgebauschten Bastionen.

Was biete Ich dir an? Eine Schau von alles überragendem Bedeuten, wie einen Schauplatz von fantastisch aufgebauten Geisteshöhn. Du wirst als ein Königssohn in ihnen Wohnsitz nehmen und ein Reich verwalten von nie endender Prosperität sowie von allseits anerkanntem und erlebten Frieden, Wohlgefühl und gottselig anberaumter Ruh.

2.18

Pièce de Résistance soll für dich sein, was *Ich* dir ins Gewissen schreibe, aus den venerablen Geisteshöhn gezogen.

Meines Seins Empfinden soll das Deine sogleich und soweit befruchten, dass es Vertrauen fasst zu Mir und Meiner Art, Gerechtigkeit zu üben und für alle da zu sein in ihrem Not-Revier.

Wo Ich *Bin*, beginnen sich die Berge zu erheben und die Täler auszuebnen, damit du Meinen Willen spürst, Bekömmlichkeit zu schaffen, Lebensqualität und allgemeinen Wohlstand unter der Menge der Geborenen.

Kannst du schmelzen, schmelzest du am besten dem, was *Ich* dir Bin, entgegen, damit dein Sein gewaltig profitiert von Meiner Gegenständlichkeit allüberall, wo Leben ist und Lieben, Lust und Frust und eine Fülle von Verheissung ohnegleichen.

Nur zu gern beschäftige Ich Meinen Sinn mit dem, was Ich in eigner Kompetenz und Klargesichtigkeit geschaffen habe.

Dazu ist noch zu erwähnen, dass Ich Meine Kräfte niemals schone, wo es darum geht in neue Seinsgebiete vorzudringen und an ihnen Meinen Willen, Mein Talent und Meine Fingerfertigkeit zu proben.

Sofern du mitgehst, will Ich den ergiebigeren Weg beschreiten, der vom Huntertsten ins Tausendste, vom Glanz zur Glorie sowie vom Niedlichsein zu Seinspalästen führt von unerhörter Pracht und Sympathie kreierendem Begüten.

Wo Anstand ist, da können sich die Geister auch begreifen und ergänzen zu einer Symbiose von gewaltiger Entschiedenheit und Schlagkraft, Beharrlichkeit und Güte am Geschehn.

Das wird dann von Mir auf's innigste geschätzt und mit begeisterndem Erfolg belohnt auf allen Ebenen, wo Lohn und Anerkennung, Grazie des Himmels und ausgezeichneter Gewinn erwartet werden kann.

Ich werfe ständig auf und Bin dabei bedacht, dass etwas für dich abfällt von Bedeuten für dein Seelenleben. Das wird dir dann zur Freude am Gelingen, alleweil in Mir.

3

Kennst du das Wort Blamage

3.1

Glaubst du immer noch, der Beste zu sein in deinem Rayon und Verfahren? Mir erscheint es lächerlich, wie sehr du dich um dein Beachtetsein bemühst, besonders auch im Sport mit flinken Waden. Triffst du ins Schwarze steigst du voll Stolz auf`s mittlere Podestchen, um aus holder Hand das Siegeskränzchen zu kassieren.

Was *Ich* einmal gebilligt habe, ist gewährt für Ewigkeiten und betrifft vor allem das, was nimmer aus dem Ruder laufen soll in Meinen Spekulationen.

Läuft etwas tot, so weiss Ich es mit Umsicht und Gelassenheit in sich selber wieder zu beleben. Das erweist sich dann als resistenter als zuvor und zählt doppelt auf dem Konto, das Ich überall und über alles führe.

Was dich betrifft, so habe Ich dich längst schon in Mein laufendes Verfahren eingefügt und auf's beste unterhalten, bis du soweit mündig warst. Doch nun hast du selber mitzuhalten an den Kräften, die dich kräftig führen und damit das Ganze jederzeit im Griff behalten.

Kennst du das Wort Blamage, dann blamier dich bitte nicht vor Mir durch falsches Zögern, mangelnde Bewusstheit und Ideen, die Mir als absurd erscheinen müssen.

Dein Dilemma ist Mir längst bekannt, dass du weder ein noch aus weisst, wenn es darum geht, dich für Mich oder eben etwas viel Geringeres und Fadenscheinigeres zu entscheiden. Es gehört sich nicht für dich zu resignieren, weil du damit Meine sagenhafte Aufbauarbeit korrumpierst und sie zunichte machst im Nu.

Ich schau zuerst das Wesentliche an und lass, was unnütz ist, beharrlich fahren. Dabei ist es Mir bewusst, dass Ich den rechten, geistgewollten Pfad beschreite und auf ihm Mein Heil, wie das der Welt, befördere in wunderbar gesättigten und anerkannten Zügen.

Mein Gefüge ist an sich von himmelweitem Wohlstand, Heitersein Mutwillen und gottseligem Licht durchflossen, das es mit grösstem Vorteil zu erreichen gilt für dich und deines Seins Begleiter sonder Zahl.

Werde so und *sei* in Meinem Reichtum bestens aufgehoben.

3.2

Ich Bin, du Bist ein Granulat des göttlichen Gewissens, das die Universenwelt erschaffen hat, regiert, mutiert und sie zur vollen Blüte bringt in so und soviel hunderttausend Jahren.

Ich bekunde jede Runde mit dem Freudenruf: *Es* Ist und kann nicht besser sein, als Ich es wollte und ihm vollendete Beachtung zollte in des Seiens seelenvollem Schoss.

Ich erwähne das, was immer würdig ist, von Mir erwähnt zu werden, im Rezitieren der enormen Weltgeschichte, die Ich hinter Mir entlasse und die noch bis ins Unermessliche vor Meinem Sinnkreis liegt. Desgleichen lass Ich sie Parade laufen vor dem Seinsgewissen, das Mir eigen ist und das Ich liebevoll vertrete.

Ich habe Mir geschworen, allem, was Ich Bin, verehrenswerten Beistand und Relieve zu leisten in der Form von wundertätig eingefädelten und dargereichten Geistesgaben. Das begünstigt deinen Einstieg in Mein Reich der relevanten Seinsbezüge und Verbindlichkeiten, denen Ich Mein Resümee von Kräften, Säften und Beglaubigungen weihe, eine wogende und wohlgelaunte See.

Ich würdige, was du durch deine Lebenszeiten zu vollbringen würdig hast befunden und anerkenne deinen Mut zum Leben dessen, was Ich dir voll Weisheit und Bestimmtheit aufgetragen habe.

Das verschafft dir Freiheit des Gewissens, dass du in Mir tunlich tätig Bist und dich nicht irritieren lässt von den bedauerlichen Lauen.

Ist das so, so kann es bei Mir niemals anders werden. Konstanz ist gross in Mein Gewissen eingeschrieben und befördert, was Bestimmung ist, nach Meiner wohlerwognen Wahl.

Das Treffliche ist von Mir immer schon bevorzugt und gehätschelt worden, so dass es konstant florierte und unbeirrt das Manifest vollendete, das *Ich* ihm zu vollenden übertrug. So ist es und bewährt sich wohlgemessen und -gelaunt im unermesslichen Gewalten.

3.3

Ich traue Mir das Allerhöchste zu und Bin es Mich gewohnt, es offensichtlich und gewandt zu Markt zu tragen.

Ich kenne Mich am besten bei Mir selber aus, weil Ich alle Welterinnerungen in Mir etabliert und aufgeschichtet habe. Das bringt Ordnung in Mein Sein und lässt Mich die Myriaden Inkarnationen bestens steuern, deren Zeuge Ich Mir Bin.

Das Redliche lass Ich in sich selber traut und ehrlich sein, dem schief Geladenen muss Ich solange Unterstützung und geballte Kraft gewähren, bis es senkrecht und gelassen vor Mir steht in seinen Seinsbezügen.

Dem Heldenhaften Bin Ich ganz besonders zugetan und umwebe es mit Meinen alles überragenden Gedanken, die verbindlich und geziemend zu Mir führen.

Was immer Ich von Mir erbitte, ist sogleich und gekonnt erfüllt und muss vom Anfang bis zum hochgeschätzten Ende reichen.

Punkto allumfassende Gebärden Bin Ich wahrhaft grandios. Ich lasse Mich in Mir von einem Schauplatz zu dem andern führen und löse dort die Rätsel, die in der Zwischenzeit aus Unerfahrenheit, Naivität und Lüsternheit entstanden waren.

Universenweites Laborieren und Kreieren ist Mein eigentliches Handwerk hier, wo alles in dem Geisteslichte leuchtet, das Ich um Mich verbreite.

Gefällt es dir zu Mir zu kommen, reiche Ich dir rasch die Hand in Meinem Reich des wunderbaren Seinsverwandelns deiner Züge. Daraus entsteht das Wohlbewusstsein, das Ich freudig in Mir spüre und das auch du in dir gewahren wirst im liebevoll gewordnen Weltgefühl.

Du *Bist* und kannst es kaum noch glauben, dass dich nun soviel Liebenswürdigkeit, Bewusstheit und sakrales Seinsgefühl beseelen.

3.4

Indem Ich Mich an Mich erinnerte, entstanden Welten von Versuchen, so und so zu sein in ungezählten, zauberhaften Variationen.

Ich kam Mir vor als Einer, der da will und will unendliches Gebären und dem gar nichts zu viel ist, es auf mannigfache Weise zu prästieren und behutsam und gekonnt zum Vollendetsein zu stilisieren.

Was Mir das alles eingebracht, bereitet und beschert hat, kann Ich jederzeit bezeugen, weil sich Mein Erinnern so lebendig und perfekt gestaltet, dass es ein exaktes Wiederholen dessen ist, was eben einst geschah.

In diesem Fall verbindet sich das Neue mit dem schon Gewesenen so innig, glaubwürdig und real, dass es mit allem, was schon ist, eine wundersam gediegne Einheit bildet in des Universums Raum- und Zeitgestalt geradewegs vor Mir.

Was Ich da mit liebevollem Blick gewahre, kann Mich keineswegs verdriessen, weil es absolute Genialität, Bewusstheit, Mustergültigkeit, Gewiegt- heit und Manierlichkeit verkündet. Damit will Ich sagen, dass Mein Universensein sich in vollendeter Genügsamkeit und Harmonie vollzieht, wie es nicht besser und bewundernswerter sich vollziehen könnte.

Wirklich spannend aber ist, in unerhörter Klarheit und Gewissheit zu gewahren, wie sich von ganz unten bis ganz oben und dann vice versa alles das, was *ist*, pausenlos lebendig und gewissenhaft durchädert und durchdringt, um sich selbst auf allerbeste Weise und Gebührlichkeit in Gang zu halten nach des Seins gottseligem Gewissen und Befehl.

So ist, was ist, Mein alles überragendes Erkennen Meiner Selbst in Episoden von verblüffender Gefälligkeit, Galanterie und unerhörter geistiger Potenz, von der die Werke zeugen, die sich seit Äonen zielbewusst und siegessicher, majestätisch und erhaben, seinsbewusst, zutiefst beglückt und heiter um Mich und Meinesgleichen scharen.

3.5

Bist du mit Bravour auf Meiner Spur, sende Ich dir Meinen Strahl, der will dich schleunigst bestens von Mir grüssen. Was vorwärts eilt, ist schon geheilt und badet sich in Meinen zauberhaften Flüssen.

Bist du geschickt, lernst du auch durch den Hades schwimmen und trimmst dich mehr und mehr dazu, jedwelchem Unheil zu entrinnen.

Du lernst, dich an Begriffe halten, die sich als Segenssprüche Meinerseits entfalten und trennst dich nicht von ihnen, selbst in der intensivsten Schur.

Kommst du zurecht mit deinen Lebensdingen, bekommst du dazu noch Mein Lob zu spüren, über alles Wohlbekannte hin.

Trittst du gebührend auf, so trete Ich im Morgenrot daher, bewusst aus guten Gründen und lasse auch dich Einkehr bei dir selber halten. Als Ich den Wundbrand an dir sah, hab Ich dir den besten Medicus empfohlen, der Ich Bin und der zu heilen weiss in wunderbar beseligenden Zügen.

Da hat sich Meine Güte wiederum als gut erwiesen von unendlich reich geriffelter Natur und hat damit erneut bewiesen, wie kompetent Ich Bin auf des Beweisens götterlichten Spuren.

Ich zähme, was zu zähmen ist mit wirkungsvollen Argumenten und reiche sie zu dir hinüber, um auch dich vom Aufruhr zu befreien.

Mir ist die Macht der Treue ins Gemüt geschrieben, mit der Ich alles, was da *ist*, auf's zärtlichste behüte und ihm zur Neugeburt verhelfe in des Universums sagenhaft gesittetem Erfahren.

Meine Weiten sind das Resultat von Meines Seins unendlichem Begehren. Sie offenbaren Meines Weistums Gebefreudigkeit sowie den Mut, Mich vollends an sie zu verschenken.

Das gebiert Holdseligkeit in allen Regionen Meines Mich-Verflutens und hält ein, was Ich seit eh und je herzinniglich versprochen habe.

3.6
Meiner Wirklichkeit vermagst du nie und nimmer zu entkommen, weil es genauso deine ist im Wattenmeer der Wirklichkeiten.

Schaffst du es, zu dieser fabelhaften Einsicht vorzudringen, sind dein Heil und deine Herrlichkeit besiegelt, alleweil und folgenschwer.

Glaubst du zu schwimmen, so schwimme Ich in dir im Becken, oder im beschaulichen Gewässer, her und hin. Erlabst du dich am Strand, sind *Meine* Füsse oder Hände in den warmen Sand vergraben. Mea culpa, sei dein inniges Gemurmel, wenn du das nicht weisst und es dir nichts bedeutet in des Daseins trügerischen Winkelzügen. Du *Bist* und willst auf diesen Anruf partout nimmer reagieren.

Meiner Dichte ist die Dichtung an sich wesenhaft entsprungen, Meiner Rechtsprudenz das Rechte ebenso.

Hast du noch nie Mein Lied gesungen, so wirst du es in Zukunft tüchtig tun, weil du dich von Mir überzeugen lässest, dass dein Wesen vollgespickt ist mit der Fülle Meines wundertätigen Begabens. Du handelst ungeniert und wohlgemut in Meinem benedeiten Namen und hast den Dreh gefunden, wie sich alles leichthin und entschieden anlässt, wenn *Ich* es in dir getan.

Zweifellos Bin Ich bestrebt, die Saga Meines Ichgefühls in dir bis ins Unendliche zu führen und dir dabei zum Glück sowie zur Seligkeit und heiteren Bewusstheit zu verhelfen.

Was immer du gewinnst, gewinnst du durch Mein innewohnendes Bestreben, siegreich aus den heftigsten Querelen und Behinderungen, Sabotagen und Verirrungen hervorzugehn. Das ist beständig und gewissenhaft Mein Beitrag zum gesamten Weltenleben, damit es wunderbar floriert und in überragenden Sentenzen, Tänzen und Verbindlichkeiten das verkündet, was Ich Bin, in Meines Seins Salut, Statut und Alles-Überragen.

Wer da *ist*, sind Ich und du und alle Seinsgenossen im lichterstrahlenden Sich-selbst-Bewähren.

3.7

Glaubst du an Götter, oder willst du selber einer werden? Ich halte das Rezept dazu in Händen und kann dir damit aus der Schule plaudern, schöner könnt`s nicht gehn. Du gerätst unweigerlich ins Staunen, wenn Ich dir die Mär verkünde von dem Einen, das da überall im Universenraum vorhanden ist und demnach auch in dir.

Ich kombiniere, was zu kombinieren fällig ist und Bin Mir nicht zu schön, um auszuwechseln, was nicht stimmig ist im Seinserfahren.

Klösterliches Schweigen wäre auch für dich gegeben in den Situationen, wo es allzu bunt geworden ist im brachialen Dich-Erleben. Das wäre dann vernünftig, vorteilhaft und klug zu nennen, wenn es durchgestanden ist in Mir.

Liebst du etwas, soll es mit verehrenswerter Herzlichkeit und Zärtlichkeit geschehn, die doch im Grund genommen nicht von dieser Welt sind, sondern von der Meinen. Das macht dich flexibel - im Bewusstsein her und hin zu schaukeln, um dein Sein in vollen Zügen zu geniessen.

Traue dir Bedeutendes zu arrangieren zu und nimm Mich voll in Anspruch, wenn es um Lebensdinge geht, die unendliche Bedeutung, Authenzität und Liebenswürdigkeit erreichen sollen. Ich gewähre

Hilfe ohne Ansehn der Person sowie der Sache, die vom menschlichen Verfahren angezettelt und verfochten worden ist.

Stimmig, innig und empfindsam ist, was Ich immer in die Wege leite, um Friedefertigkeit und Harmonie zu sähen in der Menschenvölker Barbarei und Würfelspiel. Eine Geste deinerseits genügt, um Mich und Meinesgleichen voll in Fahrt zu bringen, um des Rätsels Knoten aufzulösen und Relieve und Ruhe zu bewirken.

Du schaust auf abervieles und vergisst dabei, deinen Blick nach Mir zu wenden, der Ich in dir verborgen Bin und dennoch wirksam, wie der Wind Elysiens in wunderbar gesättigtem, holdseligem und heiterem Beleben.

3.8
Meisterhaftes zu entdecken ging Ich aus und kehrte mit Mir selber wieder. Fürwahr, es kann nichts Überragenderes und Erhabeneres als Mich zu entdecken geben in des Universums grandiosem Tiegel, Prunkstück und Taifun.

Wie vollbrachte Ich das schon, beginne Ich Mich jäh zu fragen? Mit delikater und durchtriebner Fantasie im brillanten, raumgebärenden Äonenschreiten.

In diesem majestätischen und makrokosmischen Bezug Bin Ich Mir Meiner selbst bewusst und nonchalant geworden, geistvoll und gediegen bis auf's Blut. Meine Wirkungsfelder spriessen auf, wie goldne Weizenhalme es im sonnenwarmen Licht erzielen. Meine Gründlichkeit bringt Wesenhaftes und Beschauliches hervor von redlichem Entzücken an sich selbst, wie an den Myriaden, die sich die Welt entzückt und liebevoll besehn.

Was Ich Wahrhaftiges getan, kann auch dir kundig und gewiss, geoffenbart und sachgerecht ans Licht gebracht und von Mir vor dir ausgebreitet werden. Du brauchst nur innig von dir selbst bewusst zu werden und schon siehst du die Aussenwelt vor deinem Blick verschwinden und die Innere blüht vor dir auf in sagenhaftem Geistesweben.

Das verleiht dir dann den Nimbus eines Sehers von gottseliger Gewähr, der weiss und dem die irdischen, wie überirdischen, Bedingungen bekannt sind ohne jeden Zweifel, Zwick und Kolporteur.

In Mir ist alleweil beschlossen, was auch in dir geschehen soll an fabelhaft evolutiven Fraktionen und Originalitäten im bewussten Sachversande der uns eigen. Davon zeugen dann die zirpenden Zikaden, wie die Zirkuskapriolen auf dem schwingenden Trapez.

Es ist Mein zuggewandter Wille, dem das alles wohlgemut und wohlgelaunt gelingt, was eben nur dem Gott gelingen kann in Meinem, wie in deinem, gottbegnadeten Geäder.

Das geschieht zumal im seinsbewussten Tun und sinnenfälligen Rumoren.

3.9

Taugt Mein minikrimes Ich zu nichts, so muss Mein makrokosmisches zu allem umso besser taugen. In ihm vollendet sich, was einst in ihm begonnen und auf seinen Weckruf sollst du achten hochgemut und hehr.

Wer Messer schärft, soll auch die Sinne schärfen, damit er sich dem Scharfsinn stellen kann, der alles zu zerschneiden droht, statt es ins Ganze, Grandiose regelrecht zu integrieren.

In deinem Eifer Mich zu kennen, verkennst du Mich am gründlichsten, weil deine Kenntnisse am Intellekt, statt an der Weltenseele hangen. In dieser Bin Ich allpräsent und allumfassend und behaupte Mich in einer Art und Weise die besticht und die von dannen ausgeht, um wieder zu ihm heimzukehren. Dazu sind unendliche Besonnenheit und Tugend-stärke, Seriosität, Kapazität und kongeniales In-die-Weltenweiten-Gehn vonnöten.

Bist du klug, so kann Ich dich noch klüger machen, indem du dich mit Meiner Wissenschaft vom Sein verbündest und in ihr dein Heil und deine Heilung findest in verehrenswerter Grossmanier.

Demnach ist dir, alles was da *ist*, von Mir gegeben und kunstvoll und geschmeidig schon an deinen Wiegenrand gelegt. Das brauchst du dann nur noch in allem Ernst und Eifer zu ergreifen, um es zu neuer Mustergültigkeit und Sagenhaftigkeit hinauf zu hieven.

Mein Votum ist, du sollst dich sputen, um noch zeitig in Mein Reich sowie an Meinen Reichtum zu gelangen, damit dein Dasein Sinn erhält und des Allhöchsten Gnade in der Tat. Ich will Mich ja mit dir auf's innigste verbinden und du darfst dabei auf deiner Eigenart bestehn, weil es die Meine ist in wunderbar beglückendem Vereinen.

Das wird dir für alle Ewigkeit in Lauterkeit und Liebe, Liebenswürdigkeit, Holdseligkeit und ichbewusster Rüstigkeit genügen.

3.10

Behauptest du dich hochgemut auf deine Weise, muss *Ich* Mich spiegelbildlich auch auf Meine hochgemut behaupten. Das ergibt ein Bild von wundervoller Harmonie zwischen deinem Dich-Erleben und dem Meinen im gesamten Weltgefühl.

Es kostet dich zwar keinen Heller, anders als *Ich Bin* zu sein, die Konsequenzen aber sind enorm und diese musst du selber tragen.

Ich stellte Mir in allem Anfang vor, dich als Mich zu sein in allen Funktionen, Fabelhaftigkeiten, Genialitäten und Gewinnen, die Ich zu erzielen hoffte. Das ist in etwa schon geschehn, aber in extenso muss es mit dir noch viel besser werden, weil du dich in Freiheit gänzlich für das Deine oder Meine zu entscheiden hast in deinem Hang zu Spezialitäten.

Willst du kneifen, kannst du das, dann aber kneife Ich dich durch dich selber in die linkisch und debil gewordne Wange, um dich unverblümt und schleunigst auf den rechten Weg zurück zu führen.

Das ist freies und geführtes Sein im selben Zuge und erfordert überragendes Geschick im Konzentrieren, Kontrastieren und Die-Neigungen-bewusst-und-sachgerecht-Verteilen.

Ich beginne in der Regel, wo du aufhörst, mählich aber soll das umgekehrt verlaufen. Du übernimmst die ausgezeichneten Geschäfte, die Ich für dich angekurbelt und in Gang gehalten habe. Das schärft deine Sinne unfehlbar und modelt dich zu einem Grandseigneur der guten Taten, wie der Völkerkunde, die auch Ich mit Nachdruck und Gewissenhaftigkeit betreibe.

Ist dein Sein gezielt und sieghaft Meins geworden, können wir zusammen weiterfahren wie auf *einer* Schiene und auf *einem* wohlbegründeten, begrünten und bergangeführten Pfad.

Dein Wesens Wissen, Kultivieren und Agieren ist schlussendlich wieder Meins geworden in der wonnevollen, liebeszarten, heiteren und lichterfüllten Seinskultur.

3.11
Wie kannst du dich am besten profilieren? Indem du deiner nicht gedenkst und Mich an deine Stelle setzest und dabei gewahrst, wie viel das bringt an dominantem und goldrichtigen Agieren.

Kennst du Mich nicht, so verkennst du alles, was da *ist,* in seiner Fülle und Entschiedenheit, Grazie des Himmels und Holdseligkeit in einem.

Ich trete auf und du trittst hinter Mir zutage, doch ist es von Mir vorgegeben, dass du vor Mir auftrittst, um in Meinem Namen Wunderwerke zu kreieren. Das mag zwischendurch zu Stress und Streitigkeiten führen, doch Bin Ich zugleich der geborne Schlichter auf dem Erdenplan.

Mir allein ist es gegeben, alle Chargen angemessen zu verteilen und dabei die Mitte, die *Ich* innehalte, niemals zu vergeben. An Mir hangen sämtliche Geschäfte, die im Universenraum geschehn und die das Sein verändern und gestalten, dessen Ich Mich unablässig rühme.

Pflegst du wohlgemeint und wirkungsvoll Kontakt mit Mir und Meinem flächendeckenden Vasallentum, kannst du in deiner Absicht nimmer fehlen, ein Brillant zu sein am Ring der menschlichen Gefolgschaft, die Ich überlegt und zielbewusst um Mich versammelt habe.

Zu wahrer Grösse pflege Ich, was immer Mir entgegenkommt, zu stilisieren, so auch dich, in deinem Streben hin zu Mir und Meinen geisterfüllten Applikationen.

Was dir auf der Zunge brennt, ist meistens ein spontanes Reagieren auf die Ungerechtigkeiten, die in aller Welt geschehn. Ich aber sage dir: Entbrennen soll dein Herz in liebevollem Drang zu Mir und Meiner Art, dem reinen Sein zu huldigen und es als Nonplusultra alles dessen, was da *ist*, voll Nerv und Minne darzustellen.

Meine Liebe gilt den Seinsverständigen und den noch Auf-dem-Weg-Befindlichen in unisoner Weise, die allen Heil und Heilung bietet und dazu noch merklich mehr. Empfinde das und sei in Meinem Heiligtum auf's Zärtlichste willkommen.

3.12

Mit welchem Recht beginnst du Meinen guten Räten, kaum bewusst, den Marsch zu blasen? Sieh doch, wie deine Eignen im Vergleich zu Meinen obsolet und unnütz sind, dass Gott erbarm.

Deine vielen schrecklichen Bedenken kommen von dem Wirrwarr, der in deinem Köpfchen herrscht, ob den Ereignissen der Welt, die meistens noch den Makel radikaler Selbstsucht an sich tragen.

Bei Licht betrachtet kann nur Ich dich noch von dem Debakel und Gegacker lösen, mit denen du behaftet bist und für sie haften musst nach Meinen Seinsgeboten. Ich kenne das und Mir ist auch bekannt, mit welchen Mitteln dir konkret geholfen werden kann.

Wendest du dich hilfesuchend Mir entgegen, sende Ich dir Meiner Geisteskräfte liebevollen Strahl und lasse dich an ihm auf's köstlichste erlaben. Das bringt dann die Wende in dein Sein, von dem geschrieben steht, dass es ohnehin das Meine ist vom Anfang bis zum gloriosen Ende in den Sphären der Allherrlichkeit, die Mir wie dir auf's traulichste, bewundernswerteste und radikalste angehören.

Du schwimmst dann in der Seinsbegeisterung, die dich ergriffen hat in tadellos gefütterten und makellosen Zügen. Deine wohldurchdachte und gerissene Regie geht auf von A-O und zudem wohlgelungen in der Meinen. Du Bist der Hüter deiner selbst geworden im erhabnen Kosmos Meiner Seinsgefälligkeiten, als der, der *Ist*, im Weltenwesensgrund von Meiner allumfassenden Struktur.

Deine Lage wird der Meinen ebenbürtig und konzis und du handelst damit stets in Übereinkunft mit der göttlichen Doktrin, die Ich schon von Anbeginn allüberall verkündet habe.

Deine Worte waren hohl, nun sind sie voll von Meinem Weistum, Meiner Weisheit und Gewissenhaftigkeit geworden. Sie sind der Ausdruck Meines

Denkens, Wissens und Gefühls, die allesamt aus höheren Gefilden stammen, wo Glückseligkeit und himmelweite Heiterkeit den veritablen Wohnsitz innehalten.

3.13

Reibungslos geht nichts in Meinem Zauberladen, jedoch mit der Wärme, die dabei entsteht, kann Ich bestens leben.

Findest du heraus, welchem Trugschluss du beständig unterliegst, bist du ordentlich saniert und darfst dich freudestrahlend vor Mir sehen lassen.

Willst du Lämmer weiden, weide dich zuerst, damit du weisst, wo man die besten Triften findet, um gesunde Wolle, Wohlfahrt und markante Schafs-geduld hervorzubringen.

Auf den Punkt gebracht, verweise Ich dich auf Mein Dasein, das man als überall und nirgends statuieren kann im Weltenall, wie in den mikrokosmischen Befindlichkeiten. Willst du baden, vergiss nicht, dich gehörig auszuziehn, weil sonst die Kleider an dir haften und du zu erbärmlich aussiehst, um damit ins Warenhaus zu gehn.

Wirst du geschunden, schinde nicht zurück, du könntest dir dabei die Seele arg verbrennen in der feurigen Erregung, die du produzierst. Halte dich an den berühmt gewordenen Slogan: „Slow einwenig down" und stärke dich mit dem Gedanken, dass das Hetzen schadet und die Ruhe Frieden bringt, beseelte Heiterkeit und Harmonie.

Ich kenne viele, die es schon geschafft, prästiert und wunderbarerweis herausgefunden haben, wie man sich verhalten soll, um Mir ein wenig mehr zu gleichen in der Attitüde, die ein Gott sich zulegt, um sich selbst zu sein im Wunderbaren.

Hast du dich dem *Es-Sein* ganz geweiht, kann dir nichts Unnatürliches und Kontraproduktives mehr geschehn. Das ist die beste Lösung für dein Weh und deine Wehmut am gewissenhaften Weltenleben.

Bist du frei und zugleich vollends an das Sein und seine Wirklichkeit gebunden? Wie dich das freut, wirst du in jedem Nu der Zeit erfahren, die dich ständig vorwärts, höhwärts treibt. So gleitest du von deinen Niederungen in Mein Reich der himmelweiten Grazie am Sein und Leben, Sinnen und Die-Wohlfahrt-des-Elysiums-Erstreben. Du bindest, und Ich löse dich, zum allbewussten Seligsein in Meinen lichterfüllten Räumen.

3.14

Drehst du auf, so lasse Ich den Lichtstrahl Meiner Güte dich durchfahren. Es ist ein viel bewundertes und mannigfaches Handwerk, das wir miteinander treiben und von dem es heisst: Es passe haargenau in Meine Strategie des Handelns an Mir selbst im Wunderbaren.

Ich gehe davon aus, dass es dir bewusst ist, wer Ich Bin und wer du Bist im Rausch und Rauschen vieler Generationen, die das Ihre dazu beigetragen haben. Das befestigt deine Überzeugung von dem Rang und Namen, den wir beide punktgenau und krisensicher innehalten.

Du kommst von dannen und Ich flute zeitgleich ins Allhier, um das Ganze mit Vollkommenheit und vaterländischem Geplänkel zu beleben.

Allmählich wirst du flügge, deines Handwerks wegen, das darin besteht, Mir auf Schritt und Tritt und Ritt beständig nachzufolgen, wie es sich für einen Avancierten guter Sitten und Gebräuche denn gehört.

Das führt zur Eintracht, weltweit in dem grossen Einen, das Ich wie nichts erstrebe und dem Mein ganzes Sinnen und Betrachten angehört.

Ich wende Mich Mir zu, indem du dich auf volle Fahrt in Meine namenlosen Gründe, Garantien und Geheimnisse begibst, von denen Meine Myriaden Himmelssterne strahlend zeugen.

Ich leite ein und verleite dich dazu, an Mich und Meine universenweite Klientela felsenfest zu glauben, um dich in ihrem Kreis um Mich zu scharen, wie es treue Schüler und Gelehrte ständig tun.

Dann ist alle Biederkeit ins Nichts verflogen und die schaffenden Gemüter sind bewusst in ihren Vorrang und ihr Recht getreten. Sie haben Meinen Wollstrang zur Textur verbunden, die die Geisteswelten ziert und ihre Dominanz begründet im vielbewunderten Allraumen.

Von dir zu Mir und vice versa geht die Fahrt ins Blaue, die wir miteinander pflegen und die ein Segen ist für alle Welt und ganz besonders für die Deine in holdseligem und abergründigen Gedeihen.

3.15

Wer sich auf sich selbst besinnt, eratmet sich im Erdental den Herzensfrieden. Der Schleier der Genügsamkeit legt sich behutsam auf ihn nieder und spendet seinem Streben Wohlklang, Wirksamkeit und wonnevolle Ruh.

Ich verteile das, was Ich bescheren will, an jene, die sich das Verdienst der Achtung Meiner gütestrahlenden Gesetze und Manieren, Verordnungen und Prinzipien erworben haben.

Alles, was Ich propagiere und prästiere, zeugt von hoher Einsicht in das Wesen aller Weltendinge, die Ich Mir als vielgeliebten Ansatz vollberechtigt und galant erschuf.

Myriaden Wege laufen zu dem Einen, der Ich Bin, zusammen und vereinen alle Tugenden und Werte, die dabei entstehn. Das Nichtige entzieht sich somit Meinem Seinsgebaren.

Was immer du im Schilde führst, muss laufend von Mir abgesegnet, kontrolliert und gutgeheissen werden, damit nur Wesentlich-Gewordenes in Sphären höherer Bewusstheit aufsteigt, um dort den Sinn des Weltenschaffens zu vermehren.

Mit deines Willens Kraft veränderst du beständig, was Ich intendierte, angeschafft, beglaubigt und verwirklicht habe. Doch soll, was du dir leistest, dem entsprechen, was *Ich* will, damit All-Einigkeit bewirkt wird und ereignisvolles Seins-Genügen.

Trittst du in Mich und Meine Meinung ein, erfährst du, was es heisst, dem Geistreich, wie der Seinsgewissheit, zu gehören. Das bedeutet dann für dich erhabnes Schweigen mitten in den Komplikationen deiner irdischen Belange, weil du bei Mir angekommen bist im überirdischen Verhältnis mit den wohlgesinnten Geisterscharen.

Was du gewonnen hast, wird dir schlussends belohnt und was noch im Keimen ist, erwächst zur vollen Blüte, die dich schmückt und labt im selben Unterfangen.

Kannst du ermessen, was es heisst, mit Mir liiert und allertiefst verwandt zu sein, ist dir der Weg geebnet für den Aufenthalt im Sein, wie in der Seligkeit Elysiens, die immer schon Mein Angebot und Meines Willens wonnevoller Kunstgriff waren.

3.16

Ich sollte Mich, mit dem was Ich Mir Bin, gebührend auseinandersetzen, murmelt der Professor für Geschichte ständig vor sich hin und wird dabei nicht klüger, weil ihn die Gescheitheit daran hindert, Überirdisches zu konstatieren.

Dem Zeitenlauf entsprechend werden auch die wissenschaftlich Engagierten von Mir zur Erkenntnis ihrer selbst geführt, worauf sie sich dann selber führen können, freudestrahlend zu Mir hin.

Noch So-und-soviel-Fältiges ist zu unternehmen, bis du einsiehst, dass *Ich* es Bin, der unternimmt und der die Pflöcke grade richtet, die du in deinem Eifer, Unverständnis und Begehren umgefahren hast. Des weiten und des breiten muss Ich dir erklären, wie die Lebensdinge wirklich vor dir gehn und was du alles generieren kannst mit ihnen.

Warst du der Wolf im Schafspelz, will *Ich* es künftig für dich sein, damit du offen, redlich und genügsam deiner Wege gehen kannst vom Erforschlichen ins Unerforschte, Übersinnliche in Mir.

Dann sind deine Zweifel allesamt behoben, wenn sie dich vordem noch so sehr umwirbelten und dir den Kopf dazu verdrehten.

Willst du autonom sein, musst du erst einmal in Meinem Kontor in die Daseinslehre gehn und gehorchen lernen so massiv, wie die Hündchen, zierlich zappelnd, vor dem leinenziehenden Titan.

Ich muss es ja schliesslich wissen, der Ich dich mit Lebenslust, Genie und Schnittigkeit begabt und ausgerüstet habe, damit du reüssieren kannst im Ressort deines Dich-Bwegens.

Einmal werden selbst die Winde unbedingt nach deinem Willen wehn und die Hähne haargenau nach deinem Zeitmass einen neuen Tag verkünden. Dann Bist du in Mir und Ich in dir dieselbe Kraft, Natürlichkeit, Holdseligkeit und universenweit verbreitete Gottseligkeit geworden.

3.17

Entscheidend ist bei Mir auf jeden Fall die Absicht, die die Menschen mit sich tragen. Sind sie auf sich selbst bezogen, türmen sie die Güter dieser Welt voll Wonne um sich auf, um diese, mit dem letzten Augenzuschlag, plötzlich wieder zu verlieren.

So zu wirken und zu sein ist recht fatal, weil damit für das Seelensein beinahe nichts herausschaut in den doch so wirren, irren und verhängnisvollen Weltentagen.

Ob du Meines Geistes Kind bist, musst du dich dann immer wieder fragen und du kannst die Antwort darauf in der Finsternis, die dich umgibt, nicht finden. Erst nach langer, banger Zeit kann Ich dein trauerndes Gemüt mit Meinem Licht bescheinen, damit es sehend wird im Geisterreiche.

Das ist dann die Geburt des Ewigen in dir mit der Erkenntnis, dass du Bist und dass die Dauer dich beseelt im Aufblühn einer Welt von Geisteskräften, die das Universum zu verwalten und zu stützen haben.

Ist dein Sein soweit gediehen, dass es Meine Absicht kennt, kennst du auch die Deine und gewahrst, dass es genau dieselbe ist für aller Welten Wesen nämlich: Schöpfend, schaffend und begütigend einher zu gehn als findige Gestalter der Geschichte, die kein Ende finden wird in ihrem seinsbeglückenden Gehaben.

Wieviel Mir alles wert ist, kannst du kaum ermessen, mit dem Deinen noch dazu. Über die Bedeutung deiner Güter machst du dir beileibe keine Illusionen mehr. Du weisst, dass sie vor dem Bedenken deines wahren Seins und Wesens nichtig sind und dass nur du in blanker Unschuld richtig zählst in Meiner kosmisch aufgemachten Komptabilität.

Nur auf diese Weise kann es dir gelingen, so recht in Meinem Sinn und Geiste aufzudrehn und Meinen Weisungen gemäss am Weltenstrick zu ziehn.

Du Bist, wie alle Andern auch, zu Höherem berufen und wirst es je nach deinem Eifer einstens sein, als Gebieter deiner selbst, der Ich dich Bin, durch wonnevolle Generationen.

4

Was bewegt *dich* zu Mir hin?

4.1

Ein jedes Mass und Messen bringt im Grund genommen das Unendliche ins Spiel, mit dem die Menschen leben und gedeihen müssen.

Was bewegt *dich* zu Mir hin? Wenn du hilflos bist in deinen eignen Augen, in den Meinen aber nie. Du kannst dich so und wie du wolltest durch dein Sein bewegen, trotzdem ist es *Meines* Ganges Gutschrift und Gebot. Was Ich nicht begreife ist, dass du so wenig Anteil nimmst an dem, was Ich in dir in allem Ernst und Wohllaut Bin und präsentiere.

Gestehst du dir das ein, so bist du schon ein Schrittchen weiter im Verständnis und Geständnis Meiner Züge. Du beendest dein Entfremden und wendest dich dem Unbekannten zu, das dich beseelt und deine Tage zählt in wunderbarem Selbst- Erleben.

Das Wichtige beginnt in dir Gewicht und Anmut zuzulegen und verhält sich, wie der Sonne lichterfülltes Strahlen.

Was Ich stets von dir erwarte, ist die grosse Wende in dem Mikrokosmos, den du darstellst mitten in dem grandiosen, dem *Ich* wie nichts verpflichtet Bin und dem auch du dich inniglich verpflichtet fühlen sollst in deinen bissigen Erdentagen.

Wie kannst du nur so töricht sein, überhaupt etwas in eigener Regie und Ruhmsucht, Wohlgefälligkeit und Schwäche zu erreichen suchen? Mir erscheint das wie ein unbesonnen Kinderspiel, von dir nicht und von Mir vollends beherrscht in hocherhabnen Meisterzügen.

Willst du darauf bestehn, dich selbst zu sein, so sei es wenigstens mit der Betonung auf: *In Mir.* Das ist dann die rechte Einsicht und die schnurgerade Spur in Meine Wesensgründe, denen du auf keinen Fall entgehen kannst in noch so vielen schicksalsträchtigen und selbsterwählten Runden.

Was geschehen muss, ist Mir schon immer klar gewesen, dir hingegen taumelt und verschwimmt es noch vor den, vom Weltensein verwöhnten, Augen. Frage Mich, den Seher, an und sei gestillt von Meinem wunderbar gesättigten und wohlbedachten, sinnerfüllten und zutiefst beglückenden Erwidern.

4.2

Vorsorge pur will Ich für dich leisten, wenn du Mir und Meinem Ebenmass vertraust beim Verteilen deiner Güter. Was immer Mein ist, ist auch dein, in der Philosophie der Redlichkeit und Seinsgerechtigkeit, die Ich mit solcher Vehemenz betreibe. Damit darfst du dich als jederzeit gesichert und versichert halten auf der Lebensreise, welche du in Meinem Sinn und Namen absolvierst.

Siehst du dich so eingefügt und eingebunden in Mein Weltenwerk, so spielt sich darin alles wie am Schnürchen ab in wunderbar gesittetem und zugespitzten Ziselieren.

Als ein General von mächtigen Geisterheeren walte Ich des Amtes, das Ich Mir selber auferlegt und zugehalten habe. Muss Ich dafür auch mancher Bitterkeit und Biederkeit gewärtig sein, so zeigt sich Mir im Wesentlichen doch Erfolg im Schaffen und Genügsamkeit an allem, was Ich intendiert und angerissen habe.

Ich Bin ja keinesfalls der gute Vetter und naive Fürstensohn, für den Mich manche schelmisch und vergnüglich halten. Vielmehr ist mit Mir in allem Anstand und Respekt, mit Ehrfurcht und geziemendem Erwarten zu verkehren. Das koste Ich dann aus und du darfst es in Fülle wieder kosten, weil Ich den Gerechten ihrer Tage wohlgesonnen Bin und ihnen Meiner Güte Gaben noch so gern verströme.

Was du Mir bedeutest, kannst du kaum erwägen, Ich aber wäge dich gewiss mit grösster Sorgfalt, zusammen mit den Werten *Meiner* Provenienz, die du zu deinen Gunsten angehäuft und frischgehalten hast für Krisenzeiten.

Was immer du dir vorstellst regelrecht zu sein, ist schon längst in Meinem Ringbuch und Behältnis aufgeschrieben und wird dir mählich zugeteilt als Sein von Meinem Sein und Sinn von Meinem götterlichten Sinnen im von Mir gestalteten Allhier.

Das ist, was Ich für jedermann verkünde und was zur immerwährenden Beglückung und Beseligung führt.

4.3

Meine Hoheit ist in deine Niedrigkeit geflossen und vereinigt sich mit dem, was du dir Bist im Sinn von Meinen universenweiten Meisterzügen. Hier tritt die Seinskapazität zutage, die Mir eigen ist und die dich alleweil befruchten und beglaubigen soll im Sinnkreis deiner fulminanten Taten.

Bevor Ich Mich zur Ruhe lege, will Ich nochmals sämtliche Register ziehn, die Ich zur ständigen Verfügung intus habe. Das ergibt dann ein gewaltiges und aberweites Rauschen, Tauschen und Beseligen, an dem unendlich viele Wesen ihren auserlesnen Anteil haben.

Vierzehntausend Engel sind noch lange nicht genug, Mein Lager schützend zu umstehn, damit Mir auch nicht das geringste Unheil in der Ruh geschehe, die *Ich* Mir seinsgewiss verdient und zugeeignet habe.

Die Träume eines Gottes sind fürwahr mit Wirklichkeit belegt, von der du keine Ahnung hast im Provisorium, das Ich für deine kindlichen Belange eingerichtet habe. Soviel Ich weiss, wirst du dich noch sehr lange mit dir selbst befassen, statt ins allgemein Verbindliche und aus dem Unbeholfenen hinaus zu emergieren. Doch auch für dich gilt nach wie vor der Grundsatz: Was das Hänschen lernt, muss der alte Handjörg nimmer lernen.

Ich will dich ständig in der ersten Reihe Meiner Soldateska Stechschritt laufen sehn, damit die Feinde schon beim Anblick deiner blanken Sporen sich in aller Winde Schutz verziehn. Du Bist Mein Selbstgefühl und Meiner Tugend Tatkraft, die von Effizienz, Korrektheit und Bewusstheit triefen im allgemeinen Lebens-Standard und Mich-Selbst-Verspielen.

Wünschest du Protektion, sieh zu, Ich kann sie dir dezent gewähren und mit Reserven noch dazu. Das macht dich fähig, jeden Angriff elegant und geistesgegenwärtig zu parieren, um aus ihm als Sieger, mit dem Lorbeerkränzchen auf dem Haupt, bejubelt und beglückt hervorzugehn.

4.4

Das Quantum Freiheit, dessen Ich Mich rühme, ist, bei Licht besehn, genau so gut das Deine in der mikrokosmischen Abbreviatur. In beiden Fällen kommt es darauf an, dass die Regeln eingehalten werden, die gerade für den Zustand freien Über-sich-Verfügens gelten dort und hier. Werden sie verletzt, muss alsogleich die Korrektur erfolgen in der Art und Weise Meines Weistums im bewusst von Mir gestalteten Taktieren.

Geht der Zweifel dir durch Mark und Bein, so kann Ich dich von ihm erlösen, indem Ich dir versichere, dass du Mein Wesens Abglanz, Spiegelbild und Seinsbehüter Bist in der gesamten Szenerie, die Ich ins Dasein und Gewirk gerufen habe. Dass es so ist, soll deinem Hofe höchst gelegen kommen, weil dir damit Gewähr geleistet wird für das Vollbringen unerhört begeisternder und hochgelobter Taten.

Wer leistet mehr, sollst du dich dabei fragen, du oder Ich in Meiner Ambiance der universenweiten Taten. Nicht zu vergessen ist dabei, dass Ich in dir sowie in allen Meinen Bürgen, das All auf's köstlichste beseele und Mich ihm anempfehle durch das Delegieren Meiner Helfer in die fernsten Weiten sowie in die allernächste Näh. Brisant ist, dass Ich mit demselben Blicke alles überschaue, was da *ist* und was sich jederzeit durch Mich und Meine Wesenheit bewegt.

Nie soll Mir einer kommen und es besser wissen wollen, weil *Ich weiss* - und niemand sonst mit soviel Weisheit und Bedachtheit, Redlichkeit und Sitte punkten kann in seinem Staate.

Ich erhebe alles, was da *ist*, zur makrokosmischen Figur, von der Ich Mir in dir ein minikrimes Abbild, Reservat und Riegelhaus geschaffen habe. Bist du dessen inne, kannst du ruhig deines eignen Weges gehn, im Bewusstsein, dass es Meiner ist in der Glückseligkeit, die dich darob beseelt.

4.5

Melodiöses klingt im Raum der Mitte doppelt schön und bewegt die Herzen, die ihm huldigen, zu freudevollem Hochgefühl. Das betrifft auch dich sowie die buntgescheckten Angelegenheiten, die sich eigenwillig und respektvoll um dich scharen.

Zu deines Wesens Weisheit und Behutsamkeit ist noch recht viel hinzuzufügen, bis es von Bewusstheit strahlt und allen eine Zierde ist, die es bewundernd und beglaubigend umgeben.

Ich stille, was zu stillen ist an deiner Art und Weise, dich weltenmännisch oder -weibisch zu gebärden. Das kommt daher, das du noch gar nicht weisst, wes Vaters Kind du Bist und welcher Eigenschaften Träger du dich nennen darfst in deinem Orgueil - zu brillieren.

Mir kannst du da nichts weise machen, weil Ich laufend uptodate Bin in der Vielfalt Meiner Eruierungen, wie Meiner Abgeklärtheit in Bezug auf Meines Seins Gewissen, gläubig und global.

Was hast du nur, dass deines Herzens Pulse wie die bare Unruh schlagen und dich zu erschlagen drohen in des Lebens Schlagkraft und Gewühl? Das ist, weil du Mein Sinnbild und Gebaren in dir noch längst nicht adäquat begriffen hast in deines Willens Meisterschaft, dir selber zu gehören.

So kommts, wie`s kommen muss, trotz dem vielgestaltigen Versuch, es allen recht zu machen im allmenschlichem Betrieb: Du blamierst dich vor der harrenden Gemeinde, weil du Mich vergessen hast im Seinszusammenhang, den Ich mit Vehemenz und Zuversicht schon immer postulierte.

Mir kannst du weder eine Sieben noch die Zwölfe um die Nase drehn, ohne dass Ich aufmerksam bedenke, was du damit wohl im Schilde führst, mit deinen Schilderungen und gerissnen Kapriolen.

Da Bin Ich Mir gewohnt, wie mit der Katzenpfote zuzuschlagen, damit die Angelegenheit nicht ausser Rand und Band gerät in ihrer brachialen Seinsdynamik.

Mein Gewicht muss stets als voll genommen werden und verbittet sich das Zähneknirschen ob dem Wandel, das es guterdings im Universenraum bewirken soll.

4.6

Wie überwindest du die Grenzen, um ins Unendliche zu fluten, wird hier gefragt - und die Antwort musst du dir schon selber geben. Es geht dabei darum, dass du die Hintergründe allen Seins und Lebens regelrecht erforschest und in ihnen deiner Abkunft Siegel öffnen lernst gerade zwischen dir und Mir.

Ich komme dir bis an die Grenze zum Unendlichen, gekleidet in die Pracht der Engel, jederzeit entgegen, wenn du in deiner Eigenart als Welten-bürger dasselbe unternimmst, um in der Evolution voranzuschreiten, die sich in Meinem Bündnis mit dem Universensein gebieterisch vollzieht.

Du lernst die Kräfte kennen, die dich mit ihrem lichten Sein voll Zärtlichkeit umwerben und umwogen, beglücken und in Meine komfortable Geisteswelt erheben.

Da kannst du schalten, walten und erhalten nach ureigenen Begriffen, wie du's gut und besser findest, bis es dir bewusst wird, dass sich Meine noch viel besser dazu eignen, dir Geborgenheit und Herzensfrieden zu gewähren.

Was Ich will, ist allgemeine Toleranz in Sachen Meinung und Verkehr unter Meiner Obhut mit dem Wissen, dass es lohnend ist, nach Meinem Ratschlag und Gewissen zu verfahren.

Ich strenge Mich so an, vernünftig und plausibel, seinsgewandt und sinngerecht zu sein und will dasselbe in dir weitertragen.

Meine Pläne sind monumental und betreffen vorab auch dein Leben. Sie betreffen dich und deinen Stil mit der Unerbittlichkeit und Grazie, Unverholenheit und Disziplin, die Ich Mir angewöhnt und auch für dich gebührend zugerichtet habe.

Kommst du voran, so kann es nur in Meiner Denkart und Begrifflichkeit geschehn, weil sie im Überirdischen verankert, regsam und zu aller Gunsten da sind in des Seiens Euphorie.

Klingt dir das recht freundlich in die Ohren, brauchst du dich nur zum Mitgesang und Mittun zu entschliessen und schon fühlst du dich befreit und sorglos in dem wunderbar geschniegelten, glück-seligmachenden und seinsgewandten Einen.

4.7

Ich halte dich aufrecht im Sein und sende dir Meines Beglückens lichtvollen Strahl. Meine Liebe lässt dich deine Welt in friedevollen Farben und Beseligungen sehn.

Worin *Ich* Bin und Mich erlebe, spielt sich reine Schönheit ab im unendlichen Getriebe, dem Ich Mich anheimgegeben.

Du wirst das alles noch mit deinem wach gewordnen Sinn begreifen, der von Meines Daseins Fülle und Bewegtheit spricht in wunderbar begeisternden und sinnerfüllten Tönen.

Magst du Mich, so Bin Ich ungemein bestrebt, dich auch zu mögen und dir alles hoch bewusst zu machen, was dich fördert und zutiefst belebt.

Ich warte auf mit dem, worauf du schon ein lebelang gewartet und gehofft hast, es in allen Ehren einmal glückerfüllt und glaubhaft zu erringen.

Es strengt dich nicht mehr zu viel an, an Meinem götterlichten Strang zu ziehn und dir dabei ein Kränzlein der Beseligung und Herzenseinfalt, Himmelfahrt und Heiterkeit zu winden. Nur *Meine* Strömungen und Manifeste, Empfindsamkeiten und Belege sind dann noch in deinem Umfeld, wie in deiner Mitte, aufzufinden, um das Lichte und Befriedigende aufzuzeigen im Allhier.

Du bist in deine Welt gesandt, um Frieden zu verbreiten und vielen ein beredtes Vorbild und Juwel der Seinsbeständigkeit zu sein in graziösen Meisterzügen.

Was immer du für dich bestimmst, ist schon längst von Mir ergriffen und auf's überragendste und feierlichste vorbestimmt und abgesegnet worden.

Nun geht es Mir darum, dich in dem Sinn zu belehren, dass du allen deinen Zügen ganz dieselbe Stosskraft und Bewegtheit zulegst, wie es Meine sind im immortellen Seinsbetrieb.

Es soll dich allerliebst berühren, dass Ich dein Gebieter und Gestalter Bin im minikrimen, wie im kosmischen Bereich, die, wie das Meine, auch dein Milieu und Regelwerk, Gehäuse und unendliches Spektakel sind in gloriosen und gesegneten, verbindlichen und sakrosankten Universenweiten.

Sieh dich vor und folge Mir ins Sternenmeer.

4.8

Holst du aus, so hole Ich dich wieder ein. Hast du Mühe, deinen Gang zu kontrollieren, ist es bei Mir gang und gäbe auf Defekte einzugehen und sie schleunigst zu beheben nach der Formel: Schön macht wunderschön.

Ich geniesse es, gesondert aufzutreten und Mich so zu präsentieren, wie Ich Bin, als Inaugurator köstlicher Gesetze, wie als Kräftespender, um sie umzusetzen, resolut und sonnenklar.

Ich gewinne laufend, wo du noch Gewicht verlierst und Ansehn auf der Kippe, wie der Schippe, des Geschehns vom Morgengrauen, bis zum Licht-verlust am Tagesende in den hochgewölbten Höhn.

Da schweigt des Sängers Höflichkeit und nimmt sich vor, mit dem Korrekturstift einzugreifen, dort wo es ergiebig ist, alles Andere lässt er laufen.

Mir ist nur wohl in Meiner Haut, wenn sich auch die Andern darin wohlig fühlen. Mein Prinzip ist es, der allgemeinen Wohlfahrt mit beglückender Gebärde aufzuwarten, damit in Meinem Reich Gesundheit, Harmonie und himmelweite Seinsbewusstheit herrschen sowie auserlesenes Das-Sein-Empfinden.

Die Gewandtheit und Besonnenheit, mit denen Ich beständig operiere, sind schon längstens Legion und sind ins Buch der Weisheit eingetragen, das Ich mit aller Sorgfalt immer weiter führe.

Würdest du es intensiver lesen, könnte dir nicht so viel Albernes und Kleinkariertes mehr geschehn, wie es dir laufend unterläuft in deinen Plänen und mutwillig vorgetragenen Ideen.

Was dir geschieht, kann Meinem Haus mit noch soviel Bedrängen, Stossen und zermürbendem Gekrächze nimmer imponieren. Ich stehe ständig aufrecht in den Seinsgebieten, über die Ich väterlich und muttergleich zu herrschen habe.

Das kann Ich Mir mit Nonchalance zugute halten, weil Ich *Bin* und Mein Benehmen unablässig kontrolliere in dem Glücksgefühl, das Mich seit allem Anfang wesentlich und wirkungsvoll begütet.

4.9

Ich Bin glückselig im Sein, wie in der lauteren Weisheit, die Ich schon immer besessen und bade Mich in der Vollkommenheit des Sternenalls, dessen Pracht sich Mir verdankt und dessen Liebe Ich Mir mit der Meinen wunderbarerweis gewonnen habe.

Willst du es friedevoll, harmonisch und bewusst in deiner Vielfalt haben, so wende dich Mir zu und sei, was Ich Mir Bin, in Meiner allvereinigenden Ich-Natur.

Ich Bin die Labsal Meiner Selbst im Meine-Kraft-Verspüren und betrachte und behaupte Mich als alles überragende Instanz, an der die Weltendinge allesamt mit grösster Selbstverständlichkeit und Inbrunst hangen.

Du gehst vor Mir einher als losgelöster von den Rätseln, die die Lebewelt beständig und brisant durchziehn und darfst dich als Gesegneter und Liebenswürdiger, Befreiter und Beglückter durch Mein Sein bewegen.

Ich rechne es dir hoch und heilig an, dass du begonnen hast, dich auf Meiner solitären und ereignisvollen Spur mit Sicherheit und Anmut zu bewegen. Damit wirst du bald dorthin gelangen, wo Ich auch gelangt Bin, in der Freude der Gerechten, die im reinen Sein ihr Ziel und ihren Wohlverstand gefunden haben.

Ich wende Mich dir zu in weltlichen Belangen und du gewährst Mir haargenau dieselbe Gnade, dich erhebend in Mein himmelweites Sternrevier.

Was hier zustande kommt, ist eine Wohlfahrt ohnegleichen im Bewusst-Sein derer, die da wissen, dass sie *sind* und dass ihr Sein geprägt und gutgeheissen ist von dem, was Ich Mir Bin, mit weitausholender Gebärde und Bravour.

Ich liebe es, von Meiner Universenschau zu reden und sie mit Meinem Schöpfertum auf's würdigste, Entschiedenste und Radikalste zu vergleichen.

So geht es mit Mir unbeirrt und liebevoll voran, derweil Ich Mich wohl sehen lassen kann vor der berühmten Weltenweisheit, die Ich begeistert und befriedet, seinsbewusst und sinnbegabt begründet habe.

4.10
Meinem Sonnensein in Geistessphären ist nichts mehr zuzufügen, was noch beseligender, beglückender und liebevoller wäre. Ich Bin Es und Mein Sein ist Licht und Sinn, Kraft und wirkungsvolle Tat.

Im Äonenschreiten wird es auch das Deine sein, klargesichtig, würdevoll und zeitenfroh von Mir emporgetragen.

Worauf Ich Mich beziehe, sind die nie versiegenden Bekräftigungen, deren Ich Mich anstandslos bediene, um aufzustocken, was darnieder lag und abzuführen, wessen Ich nicht mehr bedurfte.

Meine Bitten werden durch Mich selber immerzu erhört und Mein Universensein ist in den Mantel Meiner selbst geschlagen. So sehe *Ich* es und so wirst du`s nach deiner Eigenart beliebig anders sehn.

Mit Wohlverstand und Wesensgüte reich gesegnet, verbinde Ich Mich mit dem Universenplan und bestätige, betätige und inszeniere immerzu sein Kommen und Vergluten.

Alles was geschieht ist auf Mich und Meine solitäre Traktion und Passion zurückzuführen.

Ich pflege und erstrebe stets das Weltgeschehn nach Meiner Art zu dirigieren und prästieren. Das geziemt sich auch für Einen, der da will und kann im grandiosen Stil, wie in der klitzekleinen Attitüde des Verrichtens, die Mir eigen.

Ich geruhe dem Geringen, das Mir fehlt, Gewaltiges hinzuzufügen, damit das Mass, das Mir gebührt und Mich berührt, beständig voll bleibt in der Fülle des Gedeihens.

Kommst du da noch mit, so kann Ich dir versichern, dass es sich lohnt, beständig an der Strippe, wie im Sortiment zu bleiben, mit dem Ich Mich behaupte und auch du das Deine aufrecht halten kannst zu immerwährendem Genügen.

Klasse ist, was Ich Mir leiste und Meisterschaft soll es für dich sein, die du begeistert und beglückt, verherrlicht und beseligt hier erfährst.

4.11
Wenn du es mit der Helle hältst, kann Ich dir dazu noch das Sonnenlicht bescheren.

Ich weiss, was Ich bedenke und begreife immer mehr, als ginge Mir ein Licht auf von der Grösse alles dessen, was Ich da aus Mir hervorgebracht und eingeschliffen, eingerichtet und befestigt habe.

Unbefristet ist, was durch Mich angefangen hat zu sein und sich in Tat und Wahrheit zu erleben.

Alles, was in Mir geschieht, trieft von originellem Touch, Authentizität und immanenter Grösse, eben weil es Mit entspringt, dem diese Werte allesamt in Fülle angehören.

Mein Verständnis dehnt sich aus zu denen, die noch auf dem Wege sind, dieselben Qualitäten aufzubauen, die Mir schon seit immer eigen sind und die Ich alleweil auf's tunlichste und wirkungsvollste anzuwenden pflege. Nur auf diese Weise Bin Ich fähig, vor Mir selber zu bestehn und Meinem Nimbus der Allherrlichkeit Zack- um Zacken zuzufügen.

Die Konstanz, mit der Ich operiere, macht sich schliesslich auch bezahlt, indem ein Universenwerk entstanden ist und weiterhin entsteht von erstaunenswerter Pracht und Periode, zyklischer Veränderung und unnachahmlichem Sich-selbst-Genügen.

Was immer Ich Mir in Geruhsamkeit und Eigenwilligkeit erdenke, atmet Auserlesenheit, Mobilität und Lebensfrische im bewussten Aneinanderfügen, das *Ich* Mir in Äonenläuften angewöhnt und zugeeignet habe.

Trifft sich etwas gut, so ist es dieses, dass du ausgerechnet jetzt in Aktion trittst, wo du aus dem vollen schöpfen kannst, was Ich dir vorbereitet habe. Es ist mit alledem verbunden, was da *ist* und was sich bestens dazu eignet, wachsend und gedeihend, grandios, glückselig und salut zu werden.

Ich weide Mich an dem, was immer Ich hervorgebracht und eingefuchst, belebt und hochgehalten habe. An diesen Meinen unvergleichlichen Verdiensten sollst auch du erwiesnen Anteil haben und dich glücklich schätzen, da zu sein als Wesen des gottseligen Gelingens und In-sich-selbst-bewusst-Bestehns.

4.12

Ich bedanke Mich bei Mir für die enorme Fülle guter Gaben, die *Ich* aus Meines Seins Gewissen und Gewähr bis dato frei heraus erhalten habe. Da geht es wirklich um Substanz und höchste Qualität, die Mir seit Meines Seins Bewusstheit ungehemmt zugute kommen.

Was Ich an Hilfe brauche, heure Ich beizeiten an, damit es Mir von Fall zu Fall geziemend zur Verfügung steht mit Meinen vaterländischen Ambitionen. Ich halte Meines Seiens Heft behänd in beiden Händen, um in Meinen Grabenkämpfen und Erbauungen famos zu reüssieren.

Ich kläre auf solange, bis Ich Mir auch über das geringste Detail unbedingt im Klaren Bin, am Ende Meines forschenden Gewaltens.

Machst du dir Sorgen über irgendeine Angelegenheit in deines Lebens lichterlohem Seinssystem? Sieh, Ich kann dich sicherlich und seinsbewusst davon erlösen.

Trennung ist bei Mir ein Unwort, vereinen jedoch eine liebevolle Geste Meines seinsbewussten Mich-Erlebens in der Zeit sowie im geisteswirklichen Bestehn.

Ich Bin Mir's gewohnt, alle Hebel in derselben Hand - des kosmischen Geschehns - zu halten, damit es keine Zweite braucht, um das Allwissen immer weiter ins Unendliche zu treiben.

Meine Summe ist die Summe aller Zeiten und Begebenheiten, die im Sternenall bestehn und die ihr Dasein stets in lichterfüllter Genialität, Galanterie, Glaubwürdigkeit und Güte fristen.

Was Ich so leichthin vor Mich hin besage, ist von dir mit allem Ernst und aller Sinnkraft aufzufassen, die dir eigen sind. Dann Bist du in der Lage, stets beglückt, glückselig und gewandt einher zu gehn in Meiner Gärten Glut und Sprossen, Offenheit und Virtuosität im seinsbewussten Keimen.

4.13

Willst du dich zu Mir bekennen, überlege dir zuerst die eigene Position mit deinen Falten und Gewalten, federleichten Munterkeiten und zentnerschweren Lappalien im Gemüt.

Um Mich brauchst du dich nicht so dezidiert zu kümmern, wie um deine vielen Schichten und Geschichten, die dir allesamt ein wenig bitter auf dem Magen liegen.

Nur, dass du dich dazu ermannst, die eignen Spuren nachzuziehn und sie dort, wo sie mit Meinen divergieren, korrigierst zu einem einigen und vollbewussten Vorwärtsschreiten.

Ich wohne in Mir selbst in universenweiter Schickeria, Schönfärberei und Grazie des Allerhöchsten, das Ich Bin und um das sich alles dreht, was *ist,* in Meinem nonchalanten Über-Mich-Verfügen.

Von dir erwarte Ich gerade so viel, wie du zur Zeit leisten fähig bist im Puschen, das dich vorwärts treibt, zu neuen Ufern.

Willst du dich für wichtig halten, halte dich getrost an Meine Flanken, Ranken und Gewebe, wo sich's munter und geziemend leben lässt nach Meinem Muster und Vibrieren.

Das hilft dir über vieles schlank und rank hinweg, über welches du dir sonst den Kopf zerbrechen müsstest in der Seelenqual.

Nicht ich, der Vater aller Dinge soll in mir agieren und regieren, murmle ständig vor dich hin und erfahre dabei, wie gekonnt und effizient Ich zu wirken fähig Bin in allen kosmischen Belangen und besonders kratzebürstig, liebreich und gekonnt in dir.

Mit Meinem Segensspruch im Herzen kannst du seelenruhig vor dich hin von einem Ende deiner Welt zum andern schreiten, weil dich das Überweltliche, das Ich Mir Bin, zu allem führt, was dich beseligt und dir Gewähr für eine fabelhafte Zukunft ist im makrokosmischen Gedeihen.

Das Fazit von dem, was *Ich* vor dein Besinnen lege, sei, dass unbedingt in Seinsbeglückung endet, was in Glückseligkeit und liebevollem Staunen einst begann.

4.14

Jedem Aufruf Meinerseits ist zu entnehmen, dass Ich Bin der Seinsgewaltige von eigenwilligen Gnaden. Worauf Ich ganz besonders zähle, ist die Aufbruchstimmung, die Ich überall verbreite, um die Menschen zur Besinnung auf sich selbst, wie auf die Werte ihrer Weltsicht, hinzuführen. Was dabei herausschaut, soll Mir gut und recht sein im Gedulden, das *Ich* an Meinen Schöpfungen zu absolvieren habe.

Das Clevere ist gut, solang es nicht ins Eigensinnigsein verfällt und damit unklug wird im wahrsten Sinn des Wortes, das ich diesen Fällen zugesprochen habe.

Ostentativ versichere Ich dir, dass der Faden Meines Seinsgeduldens reissen kann, wenn Meine gütestrahlenden Ermahnungen nicht das mindeste Gehör gefunden haben. Dann muss der Mensch solange in die Irre gehn, bis er am Eigensinn zerschellt und sich bewusst wird, welche Untat er begangen.

Ich liefere genügend Stoff, damit sich jeder in befreiendem Gehorsam gegenüber Mir geziemend üben kann, um schliesslich als ein Held und Herold der Besonnenheit und Wesensgüte dazustehn.

So und somit Bin Ich stets dazu bereit zu helfen in den mannigfachen Nöten, die die Widerspenstigen sich selber zuziehn und die von Mir auszuglätten sind im vielbewegten Weltbetrieb.

Aus Panik wird dann positive Seinsgestaltung und aus Verschwörungstheorien eine transparente

Diktion, die auf Meinem Wahrheitssinn beruht und keinen Zweifeln unterliegt.

Es mehren sich die Zeichen, dass Vernunft und Sitte wieder einziehn ins ereignisvolle Weltgeschehn und dass Mein Wille dominieren kann in aller Wesen freiem Über-sich-Verfügen. Damit lässt sich dann mit Anstand und Gelassenheit, Liebenswürdigkeit und gutem Willen leben und das ganze Welttheater als ein Schauspiel reiner Lust, Holdseligkeit und Liebenswürdigkeit empfinden.

4.15

Wachst du auf aus deinen Träumereien, erscheinen sie dir recht skurril, wobei sie strotzen von Unmöglichkeiten, die du angehst ohne wesentlich Erfolg zu haben.

Ich biete Mich dir an, die Rätsel allesamt zu lösen, die deinem Seinsverständnis wie erratsche Blöcke alleweil im Wege stehn.

Greifst du gebührend zu, kann Ich dir unter beide Arme greifen und mit dir ein Werk vollbringen von enormem Ausmass und bewundernswerter Qualität.

Sowie du dich in Mir erkannt und etabliert hast, wirst Du überall als Rädelsführer erster Güte ausgerufen, Bewegst du dich nach Meinem Takt, verschwinden die Gespenster und du fährst voll Mut, Elan und Selbstverständnis dorthin, wo Ich dich beordert habe.

Unverzagt sein ist das beste Mittel, um auf jeden Fall zu reüssieren und beherzt und überzeugt voranzugehn. Deiner Kräfte Bund wird stets von Mir erneut, indem du Meine Gärten träumerisch durchwandelst und dabei verdient der Ruhe flegst in ihnen.

Was könntest du denn besseres erwarten, als Mein Wort der Güte am gesamten Weltgeschehn und was vermöchte dich mehr aufzurüsten, als Mein Hinweis darauf, wo die süssesten und wohlbekömmlichsten der Lebensfrüchte hangen.

Vielem magst du noch abhold sein, aber dem, was von Mir kommt, sollst du dich keineswegs entziehn, weil es dich mit ewiger Substanz und Sensibilität begabt im vollen Umfang Meines Dich-Verwöhnens.

Ich gestalte mit, was du dir zu gestalten vornimmst und erhalte es, wenn es zu etwas taugt, in deines Seiens Mass und Zielen.

Was immer du gewinnst, ist der enormen Fülle zuzuschreiben, mit der Ich dich, wie alle Welt, begabe. Du nimmst und sollst soviel wie möglich weitergeben, damit die vielen alle etwas von Mir haben.

Wende dich Mir zu und sei. Sei und fühle dich in Mir auf's wunderbarste aufgehoben und gestärkt, begütet und zu elysischen Gefilden eingeladen.

4.16

Du stehst da vor Mir, wie eine Lehmfigur, die man mit dem Götterhauch lebendig machen muss, damit sie sich bewegt und nützlich ist auf dieser Erde. Deine Geisteskräfte will Ich wecken, damit du einsiehst, wieviel tätiges Genie vonnöten ist, um Leben zu erzeugen, das, sich selbst vermehrend, das Weltenrund bevölkert und mit kulturellen Werten überzieht.

Das kann nicht ohne Meine Hilfe vor sich gehn solange, bis die handelnden Gemüter ihrerseits in *Meinem* Sinn und Geist agieren.

Da kann aus Meiner Sicht berichtet werden, dass die Menschen in Bezug auf die Moral sich immer noch wie Kinderchen benehmen, die kaum wissen, was sich so gehört und was dem Weltsein Frieden bringt, Verständnis, Sinn und Harmonie.

Ich fülle Lücken aus, soweit sie noch bestehn und erfülle jeden mit unendlichem Vertrauen, der sich zu Mir wendet in der Seelennot.

Das zeitigt dann in manchem guten Herzen, dass es mit ihm aufwärts geht und dass es gütig wird sich selbst und seiner Umwelt gegenüber.

Was immer dich erbarmt, das wird dir einst Erbarmen und Relieve entgegenbringen, weil Mir wie nichts daran gelegen ist, nur freundliche Gesichter, Gläubige und Vielversprechende um Mich zu scharen.

Bestimmt wird es auch dir gefallen, dich mit dem Wesen der Unendlichkeit verbunden und vereint zu sehn. Das schenkt dir Halt und Hochgefühl, Beschwingtheit und Stabilität voll Energie im Geistesgründlichen.

Fühlst du dich frei, soll deine erste Tat sein, dich Mir zuzuwenden und auf alles zu verzichten, was Zweifel oder Zwietracht zeitigt auf den Lebens-spuren.

Gang und gäbe ist es bei Mir, dass Ich alles daran setze, um gerecht zu sein und redlich in den Myriaden Angelegenheiten, mit denen Ich verknüpft bin, friedevoll den Meinen gegenüber.

Du magst es drehen wie du willst, noch immer Bin Ich der Gewaltige der Sphären, dessen Wortschwall gilt im Überall der Göttergenerationen, wie der universenweiten und bewundernswerten Weltensymphonie. Nimm dich ihrer an und sei in Mir gesegnet und zuinnerst von Mir angetan.

4.17

Herkunft hin und her, dein Stammbaum hat bei Mir begonnen und endet auch in Meinen Unergründlichkeiten geistiger Natur. Dazu soll dein Verhalten einen wesentlichen Beitrag leisten, indem du tapfer bist und redlich, unbestechlich und auf's äusserste loyal.

Meine Wertung ist die der Allwissenheit von allen Dingen, die auf dieser Welt geschehn. Der Zoll, den du dafür bezahlst, entspricht den Weisungen, mit deren Hilfe Ich dich durch das Dasein führe.

Mein Wille will, dass auch der Deine sich gehörig anstrengt unerhörtes anzupacken, um der Welt den Nachweis zu erbringen, dass du dich als nützlich und solvent, fabelhaft und sinnbegabt betrachtest.

Du reihst dich damit ein bei den Gerechten, die noch wissen, was sie tun und die sich nicht beirren lassen von den Absurditäten, die ständig in der Welt geschehn.

Bei Mir soll es recht brüderlich und sachverständig zu und her gehn, damit alle möglichst viel vom

Leben und Gedeihen haben. Es geht Mir offensichtlich darum, Meinen schöpferischen Einsatz durch den Deinen zu vermehren und die Welt geschickt in einen Paradiesesgarten zu verwandeln, in dem sich lange leben lässt in Glück und Frieden. Bist du bereit, mit Mir den langen Hebel anzuziehn, so kann Ich dir versichern, dass dir alleweil gelingt, was du dir vorgenommen, weil *Ich* der Hüter deiner Pläne Bin und deiner wohlbedachten Aktionen.

4.18

Bist du dir selber nah, so kann auch Ich nicht fern sein, weil Ich dir schon immer innig angehöre. Ist dir das zum strahlenden Begriff geworden, kann dir niemand mehr ein Schnippchen schlagen, dir versichernd, dass du Staub vom Staub Bist und nichts mehr.

Du rüstest auf, indem Ich dich real und rüstig, prachtvoll und gediegen mache bis zur götterlichten Seinsfigur.

Du siehst dich hell bewusst in deiner wahren Glorie leben und deine Geistesflügel spannen für den Flug in das unendliche Gehaben und Geschehn.

Du Bist dir alles wert, was *Ich* Mir Bin und darfst dich rühmen, Umgang mit der Geisteswelt zu pflegen.

Das geschieht durch den Verbund mit allem was da *ist*, den Ich mit ewigem Bestand errichtet habe. Er wird sich halten, so wie er dich hält im freiem über sich und seine Kraft verfügen.

Das Ordentliche hat die besseren Chancen, sich gehörig durchzuschlagen, als das Chaotische, das sich selber ad absurdum führt mit seinem unerquicklichen Gebaren.

In dieser Hinsicht Bin Ich gänzlich auf der Seite derer, die beständig wissen, was sie tun und sich an einen Leitvers halten, der verhält und weiter trägt mit Inbrunst und Behagen.

Wer die Laute schlägt, kann sie auch leise schlagen, wenn es darauf ankommt, eines Herzens Inbrunst sachte zu bewegen und es stillend in die Stille einzuführen. Das ist dann die Kunst, mit wenig Mitteln vieles zu erreichen und mit Absicht alles wegzulassen, was die Stimmung stören könnte im harmonischen Gewoge her und hin.

Ich brauche keine Tracht zu tragen, um effizient, eindrücklich und bewegend aufzutreten. Schlichtheit ist Mein oberstes Gebot und Schlankheit Meine zierlichste Gebärde.

Was immer Ich bewege, beturtelt sich im tänzerischen Milieu oder schwingt sich kühn in Universenweiten, die sich unablässig zielgerichtet weiter dehnen.

Mein Sinnspruch lautet dabei: Geh in dich; weite deine Flügel und weide dich dabei an Meinem, wie an deinem, seinsbeseligenden All-Umfangen.

4.19
Bekanntes wird bei Mir mit Unbekanntem konfrontiert und durchsetzt es mit dem Ratschlag, den es sich vordem herausbedungen.

Alles Mastige und Massige wird ausgeschieden und durch Schlankheit-Förderndes ersetzt sowie durch

Abgespecktes hochgehalten. Siehst du das ein, so beschenke Ich dich mit der Aussicht auf noch viel Bedeutenderes, in des Daseins hocherhabenem Brillieren.

Ich Bin einfach wach und wache ständig über Meine götterlichten Angelegenheiten, geradeso wie du es werden halten sollst und wirst.So wie es tagt in Mir muss es in dir einst tagen. Mit der Zeit gelingt dir alles, ohne Seitenhiebe auszuteilen oder auszurasten auf der Wanderschaft zum benedeiten Geistesziel.

Ich Bin allezeit bei dir, besonders, wenn es ernst gilt im Entscheiden, ob das tunlich ist, was du gerade tun willst, oder dann verwerflich zum Erbarmen.

4.20
Einem Konvolut von Seelenfragen soll hier Antwort werden, Knall auf Fall und mit soviel Nachhall, dass die Worte wirklich sitzen im empfänglichen Gemüt.

Diese These will Ich noch vermehren mit dem Hinweis, dass sie allesamt aus Meiner Küche stammen und deswegem kühn und koscher sind wie nie zuvor.

Ich habe dir so vieles zu vergeben, dass du wirklich schwelgen kannst im Wohllaut, den es um dich breitet und dich mit dem befreundet, was Ich Bin in dir.

Kommst du nach, so ist es klar, dass Ich dir regelrecht zuvorgekommen Bin in Meinem weisen Zueinanderfügen dessen, was da *ist*, auf deinem mustergültig ausgelegten Lebensplan.

Ich trachte danach, ganz zuerst die Unschuld mit dem Wissen zu bedienen, dass sie würdig ist, in Meines Reiches Fülle einzutreten und von dem zu kosten, was so köstlich ist an Meines Seins gewaltigen Kreationen. Sie *sind* und lassen sich mit nichts vergleichen, was in deinen Liederheften steht, die stets Verzerrungen verbreiten im allweltlichen Gefüge.

Was lieblich klingt, kann nur von Meiner grünen Seite kommen und beglückt das Herz in einer Art und Weise, die Bestand hat für Urewigkeiten im gesegneten Allhier.

Du weisst, Ich Bin dir stets gewogen bis zum Gehtnichtmehr in Meinen seinsbebilderten Verfügungen und lasse dich niemals im Stich, derweil Ich ja dich Bin in Meiner genialen Sicht auf die Allwirklichkeiten.

Da kommt es eben vor, dass du zu viel gefordert bist von Meinen Definitionen und Konjunktionen, die allesamt auf Meinem Geistgehalt und Meinem Gottesgrund basieren. Ich lange ständig nach begeisternden Ideen, wie nach den unverwüstlichen Begriffen, die in Mir und Meinem Alphabet verankert sind. Sie tendieren danach, Herzensglück und Wohlbefinden zu verbreiten, überall wo Sein ist und allgöttliches Gehaben.

Ich kenne Mich, so wie du dich kennen solltest als das Wo und Wie im Sternenall bis in die allerhöchsten Höhn. Dort herrscht ein Wohlklang von symphonischem Bedeuten und ein Glücksgefühl, das keine Grenzen kennt im Gütestrahlen, Licht verbreiten, Sang und Klang und Liebe, alleweil in Mir.

4.21

Auf beiden Seiten jeder Tür lebt sich das Leben aus und findet seinen Weg auf vielerlei verschiedne Weise wieder zwischen Mir und deinem vielerfahrnen Milieu.

Ich stelle Meinen Mann, derweil dein linkisches Gehaben sich als kindisch, kurios und minikrim erweist, kaum zu ertragen.

Mir fällt es auf, wie sehr du dich um alles kümmerst, was sich an das Irdische gefesselt hält und womit du dich am Ende selber fesselst in der Vielversponnenheit von deinen Lebenszügen.

Mit Seelensicherheit hat das mitnichten was zu tun, derweil Mein Kredo lautet: Gott ist gross und Jesus Christus ist sein mustergültiger Prophet in allen Lagen deines Seins und Strebens.

Womit Ich kämpfe ist das Schwert des Geistes, mit dem Ich teile, heile und verwundert, liebevoll und tapfer Mich des Siegs verseh.

Unkritisches Gebaren lass Ich in den Hades fahren, von dem es heisst, er verbrenne alles, was da nutzlos auf die Barrikaden steigt und tonlos pfeift auf alles, was verbindlich und korrekt, liebenswürdig und erfrischend wäre.

In Meinem Weltensein kann es nichts Überflüssiges, Unwirkliches und Zimperliches geben, denn Ich Bin das Kräftige an sich, wie das Bekräftigende, das in jeder Situation genau zu unterscheiden weiss zwischen gut und böse, bestens und banal.

Nun kommt es vor, dass du dich für ein Nu daran erinnerst, was Ich für dich Bin und was es heisst, in eines Gottes Hut und Herde, Hochgemutheit, Heil und Heiligtum zu leben. Das bringt dich wahrhaft weiter und versöhnt dich mit dem All, das dir so vieles bringt, was angenehm, bekömmlich und geruhsam ist in deiner burschikosen Art im Leben aufzutreten.

Meine Hilfe ist dir immer nah und nach Meinem Glücke darfst du mit Begeisterung und Liebe unablässig streben.

4.22

Es sollte dir nun klar sein, dass du dich auf Mich und Meinen Sermon unbedingt verlassen kannst in deinen Wesens unlotbaren Tiefen. Ich erachte es als Meine Ehrenpflicht, dir ständig beizustehn, wo immer es erheblich hapert in den Auseinandersetzungen des Lebens, das du pflegst.

Du bildest dir gar vieles ein, was sich bei näherem Betrachten als Chimäre oder Illusion erweist und pochst dann noch darauf, dass deine Ansicht wahr sei, lauter und gediegen.

Worauf Ich Meinen Finger lege, hat sich längst als wirkungsvoll, wahrhaftig und solvent erwiesen, sodass du davon jedenfalls Vorzügliches und Edelmütiges erwarten kannst in deinem vielgestaltigen Brüten.

Was Klasse ist und Rasse brauche Ich dir nicht im Detail zu erklären, im Allgemeinen aber schon, damit du eine Ahnung hast von dem, womit Ich unablässig schalte, flügge Bin und walte.

Wo findest du Gelegenheit, zu deinem Sein zu stehn und dich in ihm auf's wunderbarste zu vollenden? In Meinen Gärten des glückselig-machenden Bewusstseins von dir selbst, nach deinem sehnlichsten Verlangen.

Bist du redlich, tausche Ich so gern ein göttlich Wort mit dir, das dich in allem Ernste zu Mir hinführt ins Erkennen Meiner Geistesgründlichkeit im Reinen. Magisch zieht dich Mein Gehaben an, das alle Welt entzückt und sie in ihrem Sein auf's innigste befriedet.

Bist du konsterniert, so kann Ich dir ein Mittelchen verschreiben, das dich bestimmt beruhigt und dir offenbart, was du in Wahrheit von dir selber, wie von Mir, erwarten kannst: Die Fülle allen Seins in seinserfüllten Tagen, Equipagen, Perioden und Kulturepochen, geistgewaltig vor dir her.

Was du Bist, beginnt sich immer mehr zu regen und was du sein wirst hat den Sinn, vollends in Mir und Meinem unerschütterlichen, heilen und ereignis-vollen Geistesuniversum aufzugehn.

4.23

In Bildern scheinst du dich durch's Sein zu schlagen, aber es sind Wirklichkeiten, die du in dir sich bildenden Gedanken um dich scharst. Erkennst du sie als das, was sie in Wahrheit sind, kannst du mit ihnen umgehn, wie mit Freunden oder jenen, die versuchen, dich ins Abergründige zu ziehn.

Ich vermittle dir Geheimnisse von überragendem Bedeuten, die allesamt auf die Entfaltung deiner Fähigkeiten zielen, überragend, unentbehrlich, fabulös und aktuell zu sein in den Potenzen, die dir innewohnen.

Lernen bringt Erfolg, wenn du es sachgerecht und liebevoll betreibst in deinen Unergründlichkeiten. Dabei ist zu beachten, vor allem in die Tiefe, statt in das Oberflächliche zu ziehn mit deinen Überlegungen und Konsultationen. Das bringt dich in die Nähe der Berühmtesten der Geister, die ihr Soll erfüllt und sich im Sein auf's Beste eingerichtet haben. Ich Bin so Einer, dem zwar vieles zugefallen ist, das Allermeiste aber musste Ich Mir selbst in mühevoller Kleinarbeit erringen und bedingen, Mal für Mal.

Was einst in Mir gekünstelt war, ist durch Erfahrung, Seinsgeselligkeit und Klugheit hohe Schule, Wissenschaft und Admiralität geworden. Zu dem, was Ich Mir Bin, kann Ich immer mit dem besten Seinsgewissen stehn und es durch dick und dünn verteidigen in eigner Kompetenz und Höhenlage.

Atmest du, ist dir die Luft durch *Meine* Intervention und Kalkulation gegeben und spürst du Licht und Wärme in dich fliessen, kommen sie von Mir als Angebinde reiner Huld dir gegenüber.

Was *Ich* bewertet und beteuert habe, erhält sich immerzu in der Verfassung, die *Ich* ihm zugestanden und gebilligt habe. Das wirkt sich auch auf deine Güter aus, die sich im Allgemeinen wie von selbst vermehren und dir zur reinen Freude, wie zum Herzenstrost gereichen.

So Bist du und so Bin Ich in unvergänglicher, holdseliger Synthese.

4.24
Braut sich was zusammen, braue Ich getreulich mit,

Das ist ja nicht das Ende, magst du dich am Grabe deines Bruders tröstend an dich wenden. Ein langer schmerzerfüllter Abschied ist es doch und kann nicht einfach weggedacht und wegbedungen werden.

Deine Seele leidet und dein Herz ist schwer ob dem brüsken Abschied, den das Leben sich erzwungen hat in seiner Eigenart zu sein und sich im Hier und Dort gebührend einzufinden. Zerrissen sind die feinen Fäden, die die lachenden Gemüter lebelang verbunden haben. Und nun muss Ich lassen, was Mir immer lieb und teuer war.

Nun komm,t was kommen muss: Eine Trauerfahne von erschütternden und liebevollen Kondolationen, die dem Herz entströmen und der Freundschaft, die sich aus der jahrelangen Pflege und Behutsamkeit ergab. Ein Opfer wird es nun, was eine Gottesgabe war und ein Verzicht auf etwas, was der Seele wohl tat und ihr Halt und Seligkeit bescherte.

Sie möchte weinen, doch der Schmerz hält ihr die Tränen scheu zurück und führt sie in ein dumpfes Brüten über die Gesetze, die im Dasein tunlich sind und gottgegeben. Mag das der Verstand vollends begreifen, das Gemüt will's nie und nimmer und sperrt sich gegen das, was schon vollzogen ist und allen offenbar.

Ein sanfter Schleier legt sich mählich über diesen Aufruhr nieder und lässt Gefühle ewiger Freundschaft, Freundlichkeit und Liebe mit allem, was da ist, erstehn. Die Seele tröstet sich mit der geheimnisvollen Sicht auf das Unendliche, die alles wieder inniglich verbindet, was getrennt erschien und allem Gnade spendet des Vereinens in den Sternenräumen, denen wir im Geiste ewiglich und überglücklich angehören.

4.25

Willst du etwas schildern, schildere zuerst den Namen der bedeutenden Person und dann die Tat. Vieles, was du bis ins Detail weisst, brauchst du nicht zu erwähnen, wenn es nichts zum Kern der Dinge beiträgt, die dir auf dem Herzen liegen.

Sind die Gefühle noch so sehr bewegt, dass sie ständig hin und wider wogen, läufst du Gefahr, das Eine übertrieben darzustellen und das Andre zu verniedlichen, sodass nur ein verzerrtes Bild von dem entsteht, was wirklich vorgefallen war.

Am besten lässst du dich selber gehn und achtest nur auf das, was *Ich* dir zur genaueren Beschauung vor die Augen lege. Das handelt dann die Sache ab genauso wie sie sein soll und verhilft zu einem sachgerechten Urteil über das Geschehn.

Die wahren Kenner, Könner und Kanuten sind bestrebt, sich nur mit dem bekannt zu machen, was wahrhaft und gedeihlich ist für's Leben und lassen alles Weitere den Bach ab fahren. Das hat den Vorteil, dass sie unbeschwerten Ränzels weiter- gehen können und dabei imstand sind ein beherztes Liedchen abzupfeifen.

Prophylaktisch vorgehn hat den Vorteil, dass nichts überstürzt entschieden und gehandelt werden muss im ellenlangen Leben. Das bringt Harmonie und Hoffnung in die gute Stube, dass sich alles nach bestimmten Regeln und Erkenntnissen vollzieht, wo Menschen und lebendige Wesen sich verwalten.

Ich komme nicht umhin, dir immer wieder einzubläuen, dass dein Dasein seine Prägung und Bedeutsamkeit aus Meiner Hand und Meinem Hirtentum empfängt in klassischer, unendlicher Manier. Das stützt die These, dass noch alles, was da *ist*, aus einem und demselben Guss, Gewissen und Erfahrungsschatz besteht im Universenweben.

Ich walle hin und her und alles wallt mit Mir durch die Unendlichkeiten Meiner Gunst und Zunft, Gewissenhaftigkeit, Bewusstheit, wie auch Mein Mich-regelrecht-in-es-Vertiefen. Meine Künste sind Legion und Mich-Begreifen heisst dem All gehören in Glückseligkeit und namenlosem Frieden.

5

Jünglinghaft verständig Bin Ich Mir

5.1

Jünglinghaft verständig, was da vorgeht, Bin Ich Mir in Kommunikation mit Meinen Seinsgenossen. Viele göttergute Dinge sind Mir in den Sinn gelegt, mit denen Ich auf's Beste leben und gedeihen kann im analytischen Verfahren.

Was bietet sich dir dar, wenn du dein Sein bedenkst unter den Bedingungen des Friedens und der Harmonie, die dich beseelen? Kurz und gut: Ich beachte, was sich ziemt und lasse das Unziemliche galant und klugerweise fahren.

Glaubst du nicht, es wäre angebracht, dass du dich intensiver und beharrlicher mit dem beschäftigst, was du an sich *Bist*, statt dich an tausend Nebensächlichkeiten und Unwürdigkeiten zu verlieren? Gerade soweit aber muss es kommen, dass das Sinnspiel deines Lebens sich in dem erfüllt, was du in Meinem Geistgehalt verhandelst, buchstabierst und anregst, ohne ansehn der Personen.

Ich strahle und verstrahle Mich allüberallhin, wo Ich neue Räume öffnen und beseelen will mit Meines Daseins auserlesnen Qualitäten und Bedeutungen, Beförderungen und subtilen Idealen.

Das kann dauern; Meine Phantasie jedoch ermisst die Dauer nicht, weil sie das Zeitenlose hütet und in ihm das Universensein auf`s trefflichste vergütet.

Was da immer Mich umflutet und umwebt, ist ein Zeichen der unendlichen Beharrlichkeit, Bewusstheit, Seriosität und Sinnlichkeit, mit denen Ich Mein Metier in Universenweiten sinngerecht betreibe. Das regt Mich immer weiter dazu an,

Faszinierendes und Meisterliches zu kreieren und in ihm Mich darzustellen als das, was Ich Mir Bin und was Ich ohne weiteres mit Eleganz und Schwung prästiere.

Schau es tüchtig an und halte dich Mir hin, damit Ich auch in dir Mein Sein auf's glücklichste und seelenseligste erprobe.

5.2

Hier gilt als ausgemacht und eingeschliffen, dass alles, was Ich definiert und eingefädelt habe, ewigen Bestand hat in der Wesenswelt unendlichem Gewühl. Ist Mir das kostbar, so soll es für dich ebenso bekömmlich und genüsslich werden.

Mag bei dir der Wahn noch gelten, dass du sterblich bist und dass ein so komplexes, austariertes und vergnügungssüchtiges Gebilde gleich verdirbt, wenn seine Lebenskräfte nichts mehr taugen? Ist das alles, was du von dir weißt, ist es nicht eben viel und Ich muss dich dringend über anderes belehren, dass du Bist ein Wesen geistesgöttlicher Natur, das nimmermehr vergeht, selbst wenn sein sterblich Teil schon längst verwesen.

Willst du besorgt sein, sorge wohl und wissentlich auch um dein leibliches Behagen. Was aber Not tut ist die Einsicht, dass das Wohl und Wehe deiner Seele über allem steht und ein lebelang gepflegt sein will, damit es immer weiter reicht von einer Neugeburt zur anderen.

5.3

Wärme strömt aus Meiner geisterfüllten Seele.

Das Ding an sich behauptet sich in Meiner Garnison auf's Trefflichste, indem es nimmer von der Stelle weicht, die es in seinem Ursprung unvermittelt eingenommen.

Was du nur wage konstatierst, kann dir nicht zum Begriff mit klar und klug dahingesetzten Linien und Konturen werden. Deine Ansicht von der Welt muss, wie ein Brillant, geschliffen, funkelnd, fabelhaft und feurig werden.

Traust du dich, aus dir hinauszugehn, kann Ich dir versichern, dass du Dingen auf die Spur kommst, die du vordem nie gesehn und die dein ultimates Heil bewirken in der grandiosen Seinskarriere, die du nun bewusst und heiter, innig und manierlich generierst.

Wie Ich es erhoffe, hältst du der Versuchung stand, weder faul herumzuliegen, noch in Saus und Braus dein Gotteserbe zu vertun, das dir von Mir zur Ausgestaltung, Schmückung und entzückenden Broschur gegeben ist, zur Heiligung für Meine Unermesslichkeiten.

Sowie du Mich erkannt hast, wirfst du keine Schatten mehr mit deinen Kontributionen an das Wesen einer Welt von Güte, Gleichmass und Gewissenhaftigkeit, die von Meinem Licht durch-strömt ist und in Liebe, Seinsgerechtigkeit und Sinnkraft universenweit erstrahlt.

Mir ist alle Kraft und Last der Welt gegeben, um sie formend und verdichtend, dichterisch und fabelhaft zur Geltung und Bewunderung zu bringen. Das wird dann auch für dich ein nie verebbendes Fanal, an dem du dich ergötzen, approbieren und verinnerlichen kannst, wie es die wahrhaft Grandiosen stets getan und weidlich ausgekostet haben.

Alles in allem geht es so mit dir, wie Mir, gezielt voran und keine Spur wird je verlassen, eh sie in sich selber sich vollendet hat im Kreis der Hoffnung, des erhabenen Verzichts, wie des Gewinns an Seinsglückseligkeit, Entschiedenheit, erstrahlender Gewissheit und Manierlichkeit in Mir.

5.4

Prominent ist jedes Wort und jeder Ausdruck, die Ich nicht mehr zugedeckelt halte, um sie dir und deinem Anhang brühwarm und solvent zu präsentieren. Gute Lehren sollst du nimmer von dir weisen, weil sie deinem Seelenfortschritt und Verhalten beste Dienste zu erweisen fähig sind.

Querulanten lege Ich die Frage vor: Bist du immer so gewesen, oder hast du dich zu dem, was du nun bist, von Tag zu Tag verführen lassen durch das Umfeld, um dich her.

5.5

Glückseligkeit, Gesundheit und Bewusstheit sind die Attribute Meines Seins, die Mich gekonnt, plausibel und bewundernswert durchs Leben führen.

Was Ich Mir rundherum auf's trefflichste gewähre, sind die Akklamationen für Mein Tun und Meine universenweiten Liebestaten.

Wo immer Ich erwünscht Bin, komme Ich dem Suchenden galant und wohlgesinnt entgegen und lasse ihn erfinden, was ihn freut und was ihm weiterhilft auf seinem siegessicheren Äonenschreiten.

Du bekümmerst dich um vieles, Ich um alles in der Welt und lasse es in sich, an sich und über sich auf's wohlgefälligste gedeihen. Das macht Mir niemand nach, es sei denn, er verbinde sich mit Mir zu einem Ein- und Einigsein von unerschütterlicher Friedefertigkeit und Harmonie.

Ich weise dich behutsam und gekonnt dahin, wo die blühendsten Triften liegen und die saftigsten und süssesten der Lebensfrüchte ihren Ursprung haben.

Mein Gedicht ist das der Weltenpoesie, die Ich mit fabelhafter Findigkeit und Fertigkeit begründet habe. Es findet regen Anklang überall, wo es Mir einfällt etwas wunderbar gediegenes und herzergreifendes, begeisterndes und virtuoses vorzutragen.

Meine Kräfte sind die von Heroen, die sich ihrer selbst bewusst sind und die Welt mit ihrem Seinsgerangel allezeit in Atem halten.

Überhaupt Bin Ich der Prokurator und Vermittler aller noch so diffizilen Dinge, die von Tag zu Tag im Weltenrund geschehn und für die Ich Wohlfahrt schaffe, Liebenswürdigkeit und seelenvolle Harmonie.

Mein Geist ist der der Geistigkeit an sich, die alles schafft und regelt, was da *ist* und sich von nichts beirren lässt, was noch nicht ausgereift und sachgerecht daherkommt in den Weltensphären.

Ich Bin und lasse keinen, der nicht *ist*, an Mich heran, damit Mein Reich und Reichtum rein bleibt und glückselig in unendlichem Bewähren.

5.6

Kalibriert und wirkungsvoll ist Mein Bestreben, allem was da *ist*, den Touch der Seinsvollendung zuzufügen. Ich minimiere, wo es angebracht erscheint und gehe bis zum Maximum, wenn es so sein muss in Meinem unbedingten Über-Mich-Verfügen.

In Kenntnis aller hängigen Probleme ist es Mir ein Leichtes, diese auch gewandt und seinskulant zu lösen, leichthin aus dem Handgelenk gewunden.

5.7

Gang und Gäbe sind bei Mir Kreationen höchsten Ranges und ergiebigster Gewähr für Fortschritt, einzeln und global. Ich verfasse Manifeste noch und noch im Zuge Meines Evolutionenträchtigen und -prächtigen Agierens. So und somit kann Mir keiner kommen mit dem Argument, Ich laufe müssig her und hin und vertrödle Meine Zeit, statt sie zu Nützlichem zu formatieren.

Gehörst du dir, kann es geschehen, dass es dir bewusst wird Mich zu sein mit allen Attributen eines götterherrlichen Gehabens.

Ich rolle auf und wundervolles kommt zutage, bricht es dann ein, so trauern ihm die vifen Geister lange nach.

An Mir soll es nicht fehlen, dass sich die Qualität des Lebens vom Irdischen ins Universenweite hebt und sich in Friedefertigkeit, Holdseligkeit und Liebeslicht vollendet.

5.8

Willst du dich im Spiegel deiner Selbst betrachten, hebe deine Augen auf zu Mir und lass sie ruhen in den kosmischen Gefilden. Willst du die Relikte aus den guten alten Zeiten immer weiter pflegen oder dich dem Neuen öffnen, das Ich dir in wunderbar gediegenen Sequenzen ständig offenbare? Ich stehe für das Aneinanderreihen unzählbarer Folgerichtigkeiten, die sich, eine nach der anderen, mit Glanz und Glorie ergeben. Das läutert, lüftet und dressiert die schwellenden Gedankenzüge und lässt aus ihnen Mustergültiges erstehn.

Ich treibe dauernd, dauerhaft und seinsgediegen auf die Spitze, was vordem stumpf und misslich war. Wie anders tönt dir das Geläut der Herdenglocken in die Ohren, wenn diese, frisch gereinigt und gestählt, zu lauschen und zu kombinieren, abzurunden und zurecht zu ziehn verstehn.

Ich biete dir den Schutz, den du wohl brauchen kannst in deinen Iterationen und Beglaubigungen, Niedlichkeiten und gekünstelten Erbauungen, damit sie nicht in Kinderschuhen steckenbleiben. Mein Gewebe und Gelege ist und bleibt gerade das der grossen Zahl, damit die kleingewordne überlebt und reiche Frucht bringt im Sich-selbst-Beleben.

Das Bitterböse lässt Mich kalt, das Ausgezeichnete jedoch versetzt Mich in Bewunderung und Staunen, ob dem genialen Duktus, den es freudig offenbart.

Was zu zählen ist, wirst du im Allgemeinen noch zu überschaun vermögen, das Unzählbare jedoch sollst du tunlich Mir und Meinen Scharen überlassen, damit es dich nicht irre macht an deinen Fähigkeiten im bewundernswürdigen Allraumen.

In *Mir* steht das Wort "Ich Bin" geschrieben. Das soll es auch in dir in Kürze sein, damit du dich nicht ständig mit Terminen, Komplikationen und Verschiebungen befassen musst in immer neuen, wirren Wirklichkeiten vor dich hin.

Meine Pfade sind gerad gezogen auf das Zeitenlose hin, dem sich alles nähert, um in ihm, glückselig, heiter und bewusst geworden, vollends aufzugehn.

5.9
Zuerst die Öffnung, dann der Silberfluss der Silben, Mir aus Meinem Kontinent entgegen.

Ich verbitte Mir Erbarmen mit Mir selbst, wenn es darum geht, Mich in höhere Gefilde und Bewusstheiten zu hieven, denen Ich vertrauen kann und die Mir ihre Liebe schenken.

Willst du wachsam sein, so wache doch an Meiner Schwelle, bis du eingelassen wirst von Mir.

Regelrecht vernünftig ist es, Mir zu allererst und bis zuletzt die Ehre und die Ehrfurcht zu erweisen.

Ziere alle deine Wände mit dem Merkspruch: „Solo Dio" und erbaue dich von Tag zu Tag daran. Nicht Willkür sei es, was dich Mir entgegen- und hinzu- bewegt, sondern reine Liebe und Bewunderung seit eh und je.

Unterstütze deine Wirkkraft mit dem Plansoll der Idee, dass Ich in dir der Wirkliche und Wirkende Bin seit dem Anfang der Geschichte. Was sie Mir wie dir hervorbringt ist das Eine, ein anderes ist das Vernichten in der Auseinandersetzung, die Ich ständig mit Mir selber pflege. Das kommt schon gut heraus, muss Ich stets zu Mir sagen, damit es dann auch wirklich so geschieht, wie es geschehen soll in Meiner Absicht, wie in Meinem allertiefsten Mich-Begründen.

Malst du dir was aus, so kannst du sicher sein, dass *Ich* dir dabei den Pinsel halte und dich Linien zeichnen lasse von unvergänglicher Behutsamkeit, natürlichem Elan und überzeugendem Brillieren, damit du vehementen Absatz findest für dein Werk, von allen hoch gepriesen.

Das Kräftige wird immerzu von Mir bekräftigt und den Lahmen setze Ich Impulse zu, die es auf der Stelle zu enormen Taten, Aktionen und Erlebnissen beflügeln.

Mein Hiersein ist ein Fest von weiterführendem Begreifen dessen, was Ich Bin und eine Zierde an sich, die dem All die Pracht verleiht, die ihm gebührt, als eines Gottes Meisterwerk und glückverheissendes Kontinuum.

5.10

Steiff und fest behaupten sollst du etwas nur, wenn es dir von Meiner Seite zugekommen ist im Wunderbaren. Meine Stärke ist Wahrhaftigkeit durch dick und dünn und eine Prise Schalk im lockeren Dazwischenreden.

Aus Meinem Ansatz kannst du leicht ersehn, wes Geistes Kind Ich Bin und wem Ich alles anvertraue, nämlich dir, im Willen, dich in Meinen Geistraum zu erheben.

Sagst du ja, so hast du zugleich B gemeint im Eifer, deine Sache würdig zu vertreten. Du verhaspelst dich, derweil Ich ruhig hin und wider rede, goldrichtig aus des Herzens Inbrunst und Talar.

Kommt es bei dir zum Eklat, musst du auf sechs Seiten zugleich ringen, derweil Ich nur die Eine zu verteidigen habe, in Meines Allseins Sporn und Liturgie.

Dein Wunsch ist Mir Befehl, hört man immer wieder sagen. Doch in Meinem Kontext muss er rein und lauter sein, damit Ich ihn gewissenhaft erfülle.

Willst du dein Gebieter sein, so lass dich von Mir im Befehlen unterweisen, was du tun sollst, wenn die Kläffer dich zu beissen suchen. Immer dann geht deine Rechnung auf, nachdem du Meinen Rat befolgt und estimiert hast mit erwartungsvollen Augen.

Was sich immer schickt, ist das schickliche Betragen, das Ich dir und deinen Glaubensbrüdern anempfehle, um euch reif zu machen für den Gang und Lobgesang in Meine Wesenstiefen.

Braut sich etwas über dir zusammen, sollst du besser nicht ins Brauhaus gehen, sondern in den Kultraum, wo die Wissenden dich über deine nächsten Schritte brüderlich belehren.

Sie muten dir mit ihrem Weistum zu, was Mut und Kraft erfordert, Effort und Elan auf deinem Weg ins Glück der Sterne, das Ich im Äonenlauf schon immer ausgekostet habe. Schau es an und wiege dich darin in seligem Erlangen.

5.11

Missgunst hat in Meinem Kontext keinen Boden und muss aufgeschlüsselt, eliminiert und wegbedungen werden. Dann treten Liebe, Achtung und Versöhnung ein, die dem Leben Sinn und Seligkeit verleihen.

Wo immer du mit Wärme, Wohlverstand und gutem Willen in Erscheinung trittst, fliegen dir die Herzen allesamt entgegen und du sammelst Achtung ein, Vertrauen und entsprechenden Erfolg in deinen Funktionen. Ich will dir weder etwas weise machen, noch mit Dingen deinen Kopf verdrehn, die dir im Grunde nichts bedeuten können. Belehren aber will Ich dich mit gutem Recht in Sachen Seinsverständnis, Plausibilität und Geistgefühl.

Meine Garde ist nicht dazu da, Gardinen aufzuhängen, sondern ihnen den Garaus zu machen, damit Klarheit der Begriffe herrscht und Einigkeit im Wollen und Verstehn.

Meine Wertung läuft auf Sicherheit und Klugheit, Heiterkeit und Wohlverstand, Unbestechlichkeit, Wahrhaftigkeit und Mut hinaus, das Leben bestens zu bestehn und ihm ein selig Lächeln abzuwimmen.

Im Lauf der zu prästierenden Geschichten tut sich manches auf, was vordem tief verborgen und versiegelt war. Bist du gewillt, dem Gotteswort gemäss die Netze auszuwerfen, wird dir ein reicher

Fang gewiss sein, aus dem Sternenall gediehen. Nimmst du wahr, was in der Geistwelt um dich vorgeht, läuten dir die Herzensglocken den berühmten Frieden ein, den dir die profane Welt nicht einverleiben kann.

Du staunst ob den Begriffen, die dir auf einmal wunderbarerweise nahestehn und lässest dich von ihnen regelrecht verwöhnen und mit alledem versöhnen, was dir vordem unerträglich schien.

Meine Weiten sind dir offen und Mein geistig Herzblut flutet dir mit liebenswürdiger Geselligkeit entgegen. Du Bist geheilt von allen Sorgen und empfindest dich im Zustand der Glückseligkeit, Gesundheit und Bewusstheit, allesamt von Mir und Meinem universenschaffenden Genie.

5.12
So Bin Ich denn nichts anderes als Glück und Strahlen. Ich, mit Mir selber, überwerfe Mich nicht mehr und lasse jeden Aufruhr tunlichst in den Hades fahren.

Dem klösterlichen Bin Ich ganz besonders nah, derweil es der Idee entgegenkommt, die Ich vom reinen Sein in Mir entwickelt habe.

Alles, was da *ist*, verleiht Mir die Gelegenheit, Mich zu entfalten in der Richtung auf das Universensein, dem Ich Mich zutiefst verpflichtet fühle.

Die Wege sind verschieden, doch der Zielpunkt ist für alle ganz derselbe, nämlich das *Ich Bin* in seiner Majestät und Fülle, Fabelhaftigkeit und Allegrie.

Was Mir innewohnt, belebt, belegt und nährt auch dich mit seinen Wundergaben. Sie begründen deines eminenten Heils Bezug und Zierde, Zuversichtlichkeit und Lauterkeit in einem.

Ich brande wie das Meer den Klippen offenbarer Ungerechtigkeit entgegen, um aufzubrechen, was verschlossen war und der Wahrhaftigkeit zum Durchbruch zu verhelfen.

Bei aller noch so kribbelnden Geheimnistuerei ist es Mir eher an der Offenheit gelegen, die es in sich hat Klarheit, Redlichkeit und Harmonie zu generieren.

Ich formuliere dies und das, um Kräfte aufzuspüren, die sich für oder gegen etwas halten, was in der Luft liegt, förmlich zu eratmen.

Das wird dann zur Erklärung führen, wie zur Lösung von dem Fall, der soviel staunende Gemüter aufgeregt und angesprochen hat in seinem veritablen Wüten.

5.13

Was immer dir bemerkenswert erscheint, sollst du auf eine Tafel schreiben, damit es nicht verloren geht im Trubel der Geschichte um dich her.

Bist du mit dir selbst zufrieden, stell Ich dir den Freibrief aus für neue, fulminante Taten. Sie verändern das Gesicht der Welt und lassen es bedauerlich oder tief beglückt erscheinen.

Die Spanne Zeit, die Ich dir zum Wirken in der Welt gewähre, soll dir kostbar sein wie Goldbrokat und dich wie Vogelstimmen in des Frühlings Blütentanz betören. Stimmig soll dir sein, was *Ich* für dich

bestimmt und auserwählt, dargelegt und aus-
gehandelt habe.

So nah wie fern empfinde Ich dein Dasein, je
nachdem wie du dich in der Welt der Wirtschaft oder
der der geistigen Begriffe etabliert hast in der
Lauterkeit der Lebenssphären.

Wo es bei dir langgeht, lange Ich zu dir hinüber, um
die Breite wie die Höhe noch dazuzusetzen, damit
dein Leben und Erleben rund läuft im von Mir
gesegneten Den-Takt-Bewahren.

Was Ich in dir angefacht, bewacht, bestätigt und
gebilligt habe, kann nicht fehlgehn in den
Schluchten, Buchten und Verwerfungen, die
alleweil, wo viel gehämmert wird, entstehn.

Zuvorderst ist es Mir am Lieblichen gelegen, dem
Ich fördernd vorsteh und an dem es Mir wie nichts
gelegen. Schau es nur in Meinen Liebesgärten
richtig an, so wie in einem Kinderlächeln und
ergötze dich daran im Sinn und Geist von Meinen
Präsentationen.

Willst du durch den Tag flanieren, flaniere doch bei
Mir vorbei, um dich an Meinem Anblick zu erbauen
für das Ewige, das schon seit Ewigkeit in dir besteht.
Ermanne dich dazu, es ganz zuvörderst deinen
Werten zuzuzählen und bereite dir ein Fest aus
allem, was du von Mir weisst und welches dich im
Innersten beglückt als eine liebevolle und
bezaubernde, langgedehnte und erhabne Melodie.

5.14
Meine Sicht auf die Allweiten ist gelassen seinsgerecht, ergiebig und im Wesentlichen grandios.

Ich verfüge über Kräfte, die im allgemeinen Kontext, wie im ganz Besonderen, von Elementenwucht, wie von klitzekleiner Zierlichkeit geprägt sind, für die Meinen.

Meiner Wachsamkeit sind weder rasselnde Beliebigkeiten noch erbärmliche Produkte unterstellt, sondern alle lebensfrohen Miniaturen Meiner selbst, die alleweil der Pflege und Ergriffenheit bedürfen.

Ihr streitet um des Kaisers Bart, derweil es bei Mir blutig ernst gilt überall, wo tief gelebt wird, gerochen, gestochen und geliebt.

Bei Mir handelt es sich stets darum, Ordnung und Ergiebigkeit zu generieren. Zudringlichkeit lass Ich im Regen stehn, doch die Wärmedürftigen, Sensiblen umschwebe Ich mit Meines Wohlbehütens Silberton.

Ich sende dir Mein Heil, auf dass es wirkend heilsam sei für deine Seele. Willst du Mir in freien Stücken deine Not gestehn, kann Ich dir zu Hilfe eilen und dein Leid in Himmelsglück verwandeln für und für.

Ich trage Sorge zu den Meinen in der Andacht Meines Seelenseins von Tag zu Tag in schützender Manier. Das will heissen, dass Ich stets bewirke, dass dein Dasein sich vollends in *Meinem* liebelichten und vollendeten vollzieht.

Meine Gründe sind die Deinen und aus ihnen quillt dir Hoffnung und Gedeihen liebevoll empor, um dich in Glückseligkeit, Gesundheit und Bewusstheit zu versetzen.

5.15

Wen willst du mit der grösseren Begeisterung bedienen: Deinen Sachverstand oder deine Herzlichkeit Mir gegenüber in des Himmels lichterfüllten Höhn? Beides will Ich Meinen, damit dem Equilibrium gedient ist in der Pracht von deines Weltenlebens rauschendem Gespiel.

Gehst du mit *Meiner* Denkart unbeirrt voran, so kann Ich dich zu Geistesquellen führen, die von Wachheit, Wohlverstand, Wahrhaftigkeit und liebenswürdigem Gemurmel triefen. Du selber wirst dir nichts zugutehalten können, Ich aber alles, was du von dir gibst, weil in Tat und Wahrheit *Ich* es von Mir gebe.

Die Bedingungen des Lebens sind allesamt von Mir erdacht und bestens eingerichtet worden. Sie decken deinen Grundbedarf und sollen Einlass finden selbst in den verborgensten Kanülen, Labyrinthen und Merkwürdigkeiten deines Denk- und Fühlverfahrens.

Bist du nun wirklich seinsgerecht vor deinem, wie vor Meinem Angesicht, geworden, strömen deine Äusserungen wie Musik des Himmels in die Herzen derer, die das Alfabet der Hoffnung inniglich verstehn. Das gebiert dann allgemeine Freund-schaft und Gerechtigkeit, Liebenswürdigkeit und Wohlfahrt weltweit in der menschlichen Struktur.

Kommt das nur sehr selten vor, so kommt es doch einmal und bleibt dann für äonenlange Zeit bestehn und will und will am liebsten immer bleiben.

Deine Züge glänzen, wenn du nur schon an den Frieden denkst, der jene Mutigen beseelt, die unaufhörlich, kraftvoll und entschieden an ihn glauben. Das ändert dann den Sinn der Welt zum Guten hin, das Ich schon längstens ausgesät und zu auserlesnem Sprossen hochgezüchtet habe.

Mein Einsatz für die Welt, wie für die Geistnatur in ihr, ist wahrhaft weiterführend, zielgerichtet solitär und betrifft die ganze Schöpfung irdisch. sternenweit und bis ins lichterfüllte Geistesmeer.

Steig hernieder, blühender Gedanke und verströme dich an die empfänglichen Gemüter, damit sie endlich ins unendlich Liebevolle auferstehn.

5.16

Hieroben opfert sich wer kann dem Dienst am ganzen, grandiosen Meisterwerk, für eine Menschheit, die verzagen will an ihrem eignen Weh. Was müssig ist hinzuzufügen, kann nur der Gedanke sein, dass *Ich* die Fäden in den Händen halte einer Lenkung, die das Ewige mit einbezieht im wissenschaftlichen Voltieren.

Ich muss keinen Anspruch auf Besitz erheben, weil Mir alles schon gehört an Ländereien, die sich aneinanderreihen müssen, um solvent zu sein, ergiebig und entschieden.

Wer Hand in Hand einhergeht hat den Vorteil, dass sich die Lebensdinge, die ihm nützlich sind, addieren, statt dass sie voneinander abgezogen werden. Bei Mir gilt: Helfen statt Entbehren, wohlgesinnt statt feindlich sein und hingegeben statt dagegen.

Ich trete ein für alles, was Ich je geschaffen und auf's trefflichste gebildet habe, um es zur

Vollendung, wie zum Seinsentzücken und -be-glücken, regelrecht zu stilisieren. Da wird formiert und rundherum gehämmert, dass die Funken fliegen und gerissene, bewundernswürdige Gebilde Schritt um Schritt erstehn.

Kaum dass ein Guss erkaltet ist, wird schon ein neuer vorbereitet und ins Feurige geschoben. Mein An-Mir-Handeln ist ein einiger Gewinn an Stärke, Wohlfahrt und Gediegenheit in allen Sparten Meines Gegenwärtigseins in Allbegründen.

Ich garantiere für Beliebtheit und Gediegenheit im Allumfassen und melde Mich schon jetzt als Sieger an in der Kompetition von überweltlichem Format.

Mein Gedankenreichtum, wie die synergetischen Eruptionen des Gefühls, sind Legion und tragen willentlich und wissenschaftlich dazu bei, dass alles sich, so wie Ich will, vollzieht in gängigen Begriffen, wie im überweltlichen Format. So endet, wie es auch begann, im Guten und vollendet sich in Seinsglückseligkeit, Erhabenheit, Holdseligkeit sowie unendlichem Begreifen.

5.17

In wahrer Wachheit schwelgen kann nur Ich, der Wahrhaftige der Sphären. Sie sind seit ehdem Meiner Heimat Hort, wie Meines Bleibens Willkür, über allem, was da in Erscheinung tritt, vor dir.

Du versuchst dich reinzuwaschen von den Mängeln deiner Erdenbürgerschaft und kannst es nicht, ohne dass Ich dir zu dem verhelfe, was dich stärkt und dich unbesiegbar macht trotz deinen Schrullen und Verschrobenheiten.

Ewig heiteren Mich-auf-Mich-selbst-Besinnens lege Ich beständig zu an Weisheit, Wohlverstand und Güte Mir selber, wie den lebenslustigen Geschöpfen gegenüber, Meiner Hand und Handlung in den blaugesetzten Himmelsweiten.

Ich teile mit dir, was Ich Bin und teile dir auch mit, was Ich zu werden und zu sein gedenke gradewegs in dir und deinen wohlgesetzten Niederungen und Erbauungen im lichterstrahlenden Behüten.

Meine Kunst ist es, den Künsten, Künstlern und Gebietern ihrer selbst so tüchtig unters Wams zu greifen, bis sie in sich selber sich erholen, überbieten und gottselig werden in der Tat.

Was du lustig findest, finde Ich zumeist nicht eben schön und was dich begeistert, kann bei Mir den Schauder der Verachtung impulsieren. Das Ehrliche, Glaubwürdige und Excellente jedoch kommt allerbestens bei Mir an und muss auch dir bekömmlich sein in der Bewertung deiner Staffelagen.

Für mich gilt immer: Eins plus Eins gibt Eins in Meiner Seinsphilosophie, die allem innewohnt, was *ist*, und die die Welten antreibt und in *Meinem* Sinn und Sinngebieten mit Holdseligkeit versieht.

5.18
Glaubst du figalant auf festem Grund zu stehn, so stehst du eben nicht und schwankst und schwitzest ob der Mühe, dich im Stand zu halten, bifokal und morgenschön.

Du schneiderst, flickst und flötest was zusammen und musst am Ende dir gestehn, dass es nicht taugt in Meinem Sinne, wie in Meiner Seinserhabenheit vor Ort in überweltlichen Gefilden.

Alles, was dir anhängt, macht dich plump und schwer und hindert dich daran, in Meine Höhen aufzusteigen und die Aussicht zu geniessen auf viel mehr.

Bist du biegsam, schmiegsam, resolut und zielgerichtet unterwegs, so beginnst du bald einmal nach Besserem zu suchen und findest es auch prompt in Mir, dem allgewaltigen Bestimmer und Gewinner der Geschichte nicht von hier.

Was dich vordem dazu motivierte alles nur für dich zu tun, tust du nun für Mich und Meinen Anhang in der lichterfüllten Wirklichkeit, die Ich im Ewigen begründet habe. Es ist das Sein an sich, das bei Mir zählt und das in seiner lichten Leichtigkeit mit nichts und niemand zu vergleichen ist im irdischen Betrieb. Und dennoch fasse Ich in eins zusammen, was da *ist*, als kosmisches Allhier, wie als sein Abbild mikrokosmisch dargeboten.

Du wirst noch staunen, wenn du alles wirklich Scheinende mit Geistesaugen ansiehst und dabei gewahrst, wie es sich als Illusion entpuppt, von Meiner Warte aus gesehn.

Ich schwimme, wenn du schwimmst, in dir, und Ich wimme, was du festzuhalten glaubst, auf Meine Art im Andersartigen.

Deine Lichter sind gelöscht, wenn Meine aufgehn und dein glitzerndes Gehabe deckt ein Trauerflor.

Die Bilanz von der Geschichte ist: Mich kann man nur in inniger Einsicht und Gewissenhaftigkeit, Bescheidenheit und Lebensliebe kontaktieren. Meinetwegen wird die Welt erst grandios und beglückt die Glücklichen, die ihr gehörig und gewinnend angehören.

5.19

Malefiziös ist vieles noch zu nennen, was du ohne richtiges Besinnen auf dich selber tust. Es formen sich Gedanken bis zur Tat, die nicht in Meinem Logbuch stehn und die dem Weltgang Unruh und Verschrobenheit bescheren.

Krisen ziehen auf durch Ängste, die der Willkür Ängstlicher entspringen und die sich durch bewusste Überlegungen vermeiden lassen.

Wogegen du nichts unternimmst, scheint geradezu von dir gewollt, herbeigewünscht und sanktioniert zu sein, mit Widersprüchlichkeit geladen. Da trete Ich in aller Form und Farbe auf den Plan und schaffe Ordnung nach dem Mass, das *Ich* Mir tunlichst vorbehalten habe.

Ich verwandle die Gegebenheiten mutig, machtvoll und entschieden in das Glück der Sterne, das die Zuversichtlichen beseelt und das schlussendlich Schule machen wird im Weltbetrieb von Meiner Lust und Meinen Gnaden.

Bin Ich dafür, so wendet sich das Blatt zu Meinen, wie zu deinen Gunsten und beschert der Wesenswelt Glückseligkeit, Geschliffenheit und allgemeinen Frieden.

Tu` nicht so, als ob du *wüsstest*, derweil du noch im Trüben fischest und des Lichts von Meiner Seite arg entbehrst. Das ändert sich mit jedem Schritt Mir zu, dein Wohlstand blühet auf und deine Tage werden mit Gefälligkeiten übersät, die nicht von dieser Welt zu kommen scheinen. So muss es denn noch eine Andre geben, die zum Andersartigen gehört und die das Weltall rundet und gesundet, wie es immer Meine Absicht war.

Kommst du zu dir, kommst du genauso sicher auch zu Mir und kannst dich rühmen, eines Gottes Konterfei, Symbiose und Salut zu sein im Grandiosen, wie im Reich der Miniaturen, das von Meinem Ziel, Mich zu verwandeln, zeugt, in voller Kompetenz, wie im holdseligen Mich-stets-im-reinen-Sein-Bewahren.

6

Dem Minotaurus gleich

6.1

Ich lichte auf, was vordem fahl und finster war und strahle Mir beglückende Bewusstheit und Begeisterung entgegen. Das ist die Wende hin zur Seinspräsenz im Absolutem, ewig Guten und Bewundernswerten, das Ich aus Mir selbst hervorgezaubert und ins All entlassen habe.

Vortrefflich ist die Welt sowie sie unbeirrt und glaubhaft, seelenvoll und lichtdurchflutet vor Mir hergeht. Bewegtheit ist ihr Sein und zugleich ist ihr unerschütterliche Ruhe und Gelassenheit, Wohlfahrt und Glückseligkeit beschieden.

6.2

Dem Heil der Welt Bin Ich verpflichtet, dass es räsonable, glorios, gutmütig und bekömmlich sei in der Zuversicht der Lebenszeiten. Ich erwähne dies mit Nachdruck, damit du einsiehst, wie entschieden Ich für das von Mir Erschaffene Salut und Sorge trage und wie sehr es Mir daran gelegen ist, ihm aller guten Kräfte Beistand und Beseligung zu leisten.

Du kannst Mir wohl bestätigen, dass aller Fortschritt und Spagat in deines Lebens Lust und Tücke Meinem wohlerwognen Einfluss und Beginnen zuzuschreiben sind. Damit ist überzeugend dargelegt, welchen Stellenwert Ich in deinem Dasein innehalte.

Meine Kunst ist es, Zerfahrenes, Gekünsteltes sowie Absonderliches unbemerkt beiseite ausser Sicht zu schieben, damit das Edle und Vernünftige Triumpfe feiern kann in jubelnden Paradezügen.

6.3

Was *Ich* Mir vorgenommen habe, wird unbedingt im Zeitlichen verwirklicht in der resoluten Tat. Dabei geht es immer vehementer zu und her, bis alle Elemente ihren Reifegrad und ihren angemessnen Platz gefunden haben.

Dem Minotaurus gleich stürzt du dich in die Schlacht um alles oder nichts, wenn sich die Zeit erfüllt hat, es voll Verve und Willkraft zu vollbringen. Gemeinsam mit dem überirdischen Geschwader greife Ich die Zitadelle an, das Böse darin zu entlarven.

Dem Stand der Dinge gemäss schliess Ich das Verschlossne auf und bringe es geschwind zutage. Somit wird es allen offenbar und kann gesühnt, berichtigt und beglaubigt werden.

Hast du Mich erfahren, willst du anderes nicht mehr zu deinem Richtwert und Prinzip erheben. In Mir und Meinem Hofraum gelten Regeln, wie du sie zuvor noch nie erfahren hast in ihrer Wohldurchdachtheit, Nützlichkeit und Flexibilität.

Vieles mag dir noch grotesk daran erscheinen, weil du noch zu wenig von der Weltenlogik, die dahinter steht, gespeichert hast in deinem Hinterstübchen. Doch wirst du bald einmal mit solcher Inbrunst und Affinität an Mir und Meinem Umfeld hangen, dass dir alles höchst plausibel wird voll Wohlgehalt, beglückender Verbindlichkeit und Mustergültigkeit in seinem Seinsgenügen.

Was immer dich betrifft macht Mich betroffen und was dir geschieht geschieht Mir selbst in der herzinnigen Vereinigung, die wir darin erleben.

Bar jeden Zweifels gehst du mit Mir und Meinem Tross den Weg einher, den Ich dir bis auf's Tüpfchen vorgeschrieben und erläutert habe. Du lässt keinen Zwiespalt mehr in dir erstehn und förderst, was zu fördern, ist mit einer Inbrunst ohnegleichen, die besticht und wirkt im weiten Umkreis der Unendlichkeit, den du dir selber vorgeschrieben.

Alles, was da *ist,* ist unbedingt zu deinem Vorteil und Erfolg in die Textur des Lebens eingeprägt und eingetrieben. Du brauchst sie nur mit Vehemenz und höchstem Eifer davon abzulesen und schon bist du gemacht wie aus dem Trückchen für den gloriosen Part, den du zu spielen hast in Meinem Weltgedankenspiel.

Was dir immer wohlbekommt, ist regelrecht in Meinem Herzblut eingeschrieben und wartet sehnlichst darauf, dass du es ergreifst und dass es dich begreifen lässt, was tunlich ist, bedeutend und viril in deines Daseins konzertantem Märchenspiel.

Alles kommt wie's kommen soll, auf Dauer angelegt von Meinem Weistum und herzinnigen Erfahren. Du nimmst es schweigend an voll Herzensglück, Holdseligkeit und unter liebevollen Zähren.

6.4

Traditionsgemäss verlange Ich von dir Gehorsam in den geistigen Strukturen, die Ich in dir begründet habe. Schlägst du sie aus, gehst du wie wild dem Chaos und der Niederträchtigkeit entgegen. Ich befleisse Mich konstant und zuversichtlich damit, Lernbegeisterte mit Informationen zu versehn, die ihren Eifer stillen und ihr Renommee gewaltig steigern können. In dieser Sicht verhalte Ich Mich ebenso, wie Götter sich verhalten sollen, die bestrebt sind, ihren Schützlingen zu Ruhm und Ehre zu verhelfen.

Ich meistere Mich selbst und Bin bestrebt auch Myriaden andere sich selbst zu meistern anzuregen.

6.5

Glückseligkeit im Sein, wer kann das von sich sagen ausser Mir und Meinen geistgewaltigen Gespanen. Mir sind der Edelmut, die Wesenstreue sowie die Affinität zu allem, was da *ist*, ins Weltenherz geschrieben. Ich berechne und berichtige von einem Zeitraum bis zum anderen, den Lauf der Lebensströme, die da sich entfalten und Wirkung zeigen sollen ewigen Bedenkens und Sich-selbst-Verschenkens.

Ich trage alles, was Ich Mir erdenke, zu Mir selbst hinan und verwalte und gestalte es nach bestem Können zur Vollendung seiner selbst in überirdischen Sequenzen und Verbindlcihkeiten.

Meine Wirkkraft ist total im universenweiten Umfeld, das Ich Mir geschaffen und auf's lieblichste und liebevollste ausgebildet habe. Soweit kann es nur durch wesentlichen Aufwall, wie durch sanftes Niederfluten, kommen, während den Äonenzeiten, in denen Ich die Schöpfung durch die Sphärenräume dirigiere.

Im Wesentlichen Bin Ich der Ich Bin und pflege Mich und Meinen umfangreichen Anhang in sich selber zu versenken, damit Einsicht, Einfalt, Einigkeit und Bruderschaft entstehen in des Himmels Harmonien.

Weit mehr noch gäbe es von Mir und Meiner Absicht zu berichten grandios zu sein in jeder Hinsicht, wie in jedem Gran des Seinspersönlichen, das Ich Mir mit Vehemenz und Schöpferwillen, Denkkraft und Elan erobert habe.

Meine Züge sind für alles, was Ich Bin, ein regelrechtes Hochgeschenk in Freundes- wie in Freudensphären die sich, eine an die Andre reihen, in berührender Geschwisterschaft und Einigkeit an übersinnlichen Gestaden. Gleichheit herrscht und Übersicht, wo Ich regiere und Mein Sein befördere nach den Prinzipien der Güte und Gerechtigkeit, Lebensweisheit und Vernunft, Glückseligkeit und seelenvoller Wohlgewogenheit in einem.

6.6
Versuche dir darüber klar zu werden, was du Bist und was du sein willst im Bereich der sprossenden Natur. Ich schütze dich dabei vor denen, die dich daran hindern wollen, auszubrechen aus der Konvention des lebendigen Kalküls und deinen eignen Überzeugungen zu folgen, Mir und Meinem Sein entgegen.

Ich höre nimmer auf, dich in *Meinen* Kreis und Kreislauf zu berufen, deren Wohlgestimmtheit, Himmelsgrazie und Reinheit des Gewissens dich beseelen sollen.

Du beginnst Mein Wesens Gleichnis mit dem Deinen zu verstehn und heftest dich an Meiner Versen Fertigkeit, die dir stets entfliehen will in seiner so behänden Art und Weise zu agieren.

Du hingegen läufst Mir nicht davon, weil du, auch ohne es zu wissen, schon vollends in Mich und Meines Wesens Seinssubstanz und Fülle integriert und eingemittet bist. Das befördert dein Bescheiden an der Wirklichkeit, die dich beseelt und fördert zugleich dein Bewusstsein vom Unendlichen, in das du dich vertrauensvoll begeben.

Hast du das hingekriegt, so läuten dir die Glocken des Gemüts Glückseligkeit und Frieden ein, die du so sehr entbehrt, gesucht und endlich aufgefunden hast in deinen makellos gewordnen Runden um den Geistespol.

Du verstehst, was dir einst unbegreiflich und verletzlich war und fixierst dein Augenmerk auf das, was wahrhaft *ist* in dir wie Mir.

Deine Wendung war beschlossne Sache, eh du in der Wiege lagst, und Mich zu suchen ist dein Sinn schon immerdar gewesen.

Was einmal in dir etabliert und festgehalten ist, kann nimmer von dir weichen und was *Ich* in dir angeregt und angestossen habe, klingt und singt und schwingt in einem fort, um dich zur glückseligen Heiterkeit und Lebensminne zu bewegen.

Liebe, Licht und Frieden im beglückenden Hienieden schenk Ich dir.

6.7
Was immer auch geschieht im Aufwall des allweltlichen Geschehns, ist Meines Seins Geschick und Gestik, überweltlich angesehn.

Will Ich moderat sein, fasse Ich die Lebendinge mit glasierten Fingern an und will Ich aus dem Vollen schöpfen, muss mit der Masterkelle angerührt und zugegriffen werden.

Mir soll keiner kommen mit Vernunft, wenn Ich partout will Unvernünftiges kreieren in Meiner Sucht, beständig recht zu haben und damit das Rechte auch zu tun.

Mit fester Hand hab Ich noch jeden Händel ungeniert für Mich gewonnen, ohne der Verluste zu gedenken, die unweigerlich dabei entstehn. Meine Weste aber sah sich arg besudelt an und so sah Ich Mich gehalten, künftig überlegter und subtiler vorzugehn.

Es wuchs die Zahl der Innovationen, die auf Redlichkeit, Uneigennützigkeit und allgemeinen Frohsinn zielten. Damit begann die Zeit der Blüte für das Wohlgemessene und Auserlesene in grandiosem Stil.

Ich hielt Mich an die Regeln so, wie sich die Leute daran hielten und schaute regelmässig nach dem Rechten, wo Ungebührliches entstanden war.

Was immer kunstvoll, lieblich und gedeihlich war, fand reichen Beifall bei Mir selber, wie bei jenen wieder, die das Weltgeschehen aus dem rechten Winkel und in richtungweisender Manier zu werten und betrachten wussten.

So etwas muss durch Jahrhunderte getragen und gepflegt, überlegt und nachgebessert werden, bis es sich wie ein Juwel in juveniler Rüstigkeit und

Frische präsentiert, ohne den geringsten Einbruch zu erleiden.

„Was lange währt wird endlich gut", ist auch hier am Platz zu sagen und „früh übt sich, wer ein Meister werden will", gilt nun wie einstens in der Pfalz sowie den reich belebten Fürstenstädten, die von Fröhlichkeit und Lebenslust besessen waren.

In alldem widme Ich Mich ganz zuerst dem reinen Sein, aus welchem alles, was Ich sein will schlicht und recht hervorgeht in beglückenden und seligmachenden Kaskaden.

6.8

Willst du dich in einem Pakt mit Mir vereinen, fang bitte sogleich damit an, damit kein Gran der Hoffnung dir verloren geht auf helle Hilfe und Erbarmen. Ich unterstütze dich dabei, präzise Übersicht und Klarheit zu gewinnen über alles, was du Bist in dir, in Mir und Meinen universenweiten Bastionen.

Mein sehnliches Verlangen ist es, dich darüber aufzuklären, wie man sich im Geiste, ohne Zeitverzug, dorthin bewegt, wo man am liebsten sein will in Erhabenheit und seelenvollem Staunen.

Ich lasse Mich von dem, was Mich umgibt, auf's innigste verwöhnen, sollst du ständig zu dir sagen und du sollst dich rühmen können, die Gewissheit über deines Seins Modul in keinem Augenblick mehr zu verlieren. Damit hast du schon unendlich viel gewonnen, nämlich *Mich* in dir und deiner liebevollen Entourage.

Damit ist auch der berühmte Ruf getilgt: Lasset alle Hoffnung fahren, denn dem Hoffen folgt das selige Gewissen, dass du immer so Bist, wie du sein willst in den Räumen übersinnlicher Verbundenheit mit Mir.

Meine Wände haben Ohren und Mein Sinn ist stets darauf gerichtet, zu vernehmen, wessen du bedarfst in deinem Wunschlokal. Dann eile Ich, es sogleich zu erfüllen und enthüllen, makellos und minutiös in Meiner weltenmännischen Manier.

Du driftest unaufhörlich Meinem krisensicheren Gestade zu, wenn du nur ständig und inständig davon überzeugt bist, es auch heil und unbeschadet zu erreichen.

Dir gehört die Ehre, niemals aufgegeben und versagt zu haben auf der hoffnungsvollen Fahrt und Fährte hin zu Mir und Meinen grandiosen Gütern.

Vollendet sein will hier besagen, dass du dich in Mein Gehaben und Gehege eingeboren hast zur wunderbaren Einigkeit mit dem, was Ich Mir Bin und was Ich allen Seinsgenossen und Erhabenen schon immer bestens eingetrichtert, vorgeführt und anempfohlen habe.

6.9

Zu Gast bei Mir verschieben sich die Argumente, die auf Entwicklung, Besserung und Wohlfahrt zielen. Die deinen sind bald ausgeschöpft, weil sie im Allgemeinen wenig taugen, derweil sich Meine in den Rängen unbedingter Sachlichkeit und Unbestechlichkeit bewegen.

Du mischest dich in Angelegenheiten, die längst zur Vergangenheit und süffigen Erledigung gehören, derweil die Meinen tüchtig in die Zukunft stossen und dazu begabt sind, neue Werte und Verbindungen, Transaktionen und verblüffende Erfindungen zu generieren.

Kennst du den Spruch: „Mir wird nichts mangeln", der von der Überzeugung und Gewissheit satt ist, dass Ich alles, was Ich will, im Nu erreichen kann durch eine Fülle von erstaunenswerten Siegestaten. Dabei ist zu betonen, dass Mich das nicht allzu viel an Kraft, Substanz und gutem Willen kostet, weil Ich von diesen eine Menge ohnegleichen intus habe.

Mir geht es stets darum, Verlegenheiten aus dem Weg zu räumen und mit klargesichtigen Begriffen aufzutrumpfen, die es in sich haben, Ordnung und Gediegenheit zu schaffen, wo immer sich dazu Gelegenheit sowie die nötigen Beziehungen ergeben.

Gelüstest es dich, jovial zu sein, sei es ungeniert, Ich hingegen Bin dem Ernst der Lage sowie der Wahrhaftigkeit verpflichtet, denen Ich die peinlichste Beachtung schulde.

Willst einen Hasen schiessen, fuchtle nicht wie wild umher, sondern ziele sachgerecht und blitzschnell eine Spanne vor sein Näschen, damit der Schuss ihm den Garaus bereitet, wenn dich das erbauen und erfreuen kann.

Ungezählt sind Meine Tage, wo du froh sein musst, ein wenig länger als der Durchschnitt ihren Frohsinn zu erleben. Doch gerade darauf kommt es an, dass du vollbewusst und heiter, tatendrängig und verständnisvoll in ihnen stehst und ihren Scharm geniessen kannst vor hochgefüllten Schalen.

Ich fühle Mich recht wohl in Meines Daseins liebevollem Seinsgenügen und vollführe so etwas wie einen Tanz beseelter und bewundernswürdiger Begeisterung am Sein und Leben, die Mir voll Eifer und Empfindsamkeit zur ständigen Verfügung stehn.

6.10

Willst du ein gehöriger Gigant sein, dem gelingt, was anderen misslungen und der fertig bringt, was keinem noch gelang? Das wird möglich, weil Ich jeden unterstütze, der wohlbedacht, gezielt und bravourös dahinter geht, um alles, was er will, manierlich auszuführen. Ich strecke dem die Hand entgegen, der sich voll Vertrauen auf den Weg begibt, um seine Willkraft tüchtig und tatkräftig zu erproben.

Du sollst zur rechten Zeit von Mir genau erfahren, wer so sorglich und vernehmlich hinter allem steht, um es im Guten und Gerechten zu bewahren.

Gelingt es dir die Balance zwischen mickerig und allzuviel zu finden, bist du wie gemacht dafür, in die Reihen Meiner Kämpfer und Eroberer zu treten, um des Geisteslandes Willen im gewaltigen Voll-bringen.

Was du mit Mir erreichst, muss vielen noch verwehrt und nutzlos bleiben, weil sie Meinem Anruf keine Folge leisten mögen. Du aber siehst dich jederzeit vom Licht umgeben, das Ich dir verstrahle und das deine Seele bestens nährt in ihrem Seinsverlangen.

Was du immer treibst, Ich treibe es mit dir und Bin der Antrieb für so vieles, was du sonst nicht fertig bringen könntest.

Ich bereite dir ein Fest aus hundert kleinen Wohlbekömmlichkeiten, die dich durch den Tag begleiten und dir höchst willkommen sind in allen noch so anspruchsvollen Lebenslagen.

Was dir im Natürlichen geschieht, ist eine Meiner ganz besonders liebevollen Gaben an dein offenes Gemüt, um dich froh zu stimmen und dazu geneigt, aus deinem Dasein Werte zu gewinnen von unübertrefflicher Bravour.

Was Ich alleweil betreibe, treibt dich vorwärts auf ein hoch erhabnes Ziel, nämlich Meine Gunst und Kunst und Kühnheit zu erreichen, die sich wunderbarerweis in dir verbreiten bis ins kosmische Gefühl.

Das kulminiert dann im begeisternden Verehren Meiner Huld und Güte, wie in der Holdseligkeit und Lebensfreude, Tapferkeit und Seinsbewusstheit, die dich darob alleweil beseelen.

6.11
Dein Eifer mag dein Häuptlein schmücken wie mit Lorbeer, den die Sieger stolz zu Markte tragen. Was du immer anrührst wird sich allsogleich in Gold verwandeln, das dein Auge blendet und dein Herz zum Wunsch nach immer mehr verführt. Den Mammon huldigst du und scheust dich nicht davor, unerlaubte Mittel anzuwenden, um auf jeden Fall zum raschen Zug zu kommen.

Sammeln und Verschwenden ist dein Ziel und wenn das alles ist, gehst du dem Wesentlichen deines Daseins schlicht verloren.

Was Ich Mir Bin, genauso gut wie dir, wird jedoch seinen Glanz wie eh und je auf's trefflichste bewahren und wird in Geistesregionen mit der Fülle seiner selbst getrost und sicher fürbass gehn.

Das weise Wort: „Nur wer sich wandelt ist mit Mir verwandt", ist aktuell, so wie es immer war. Nun wähle du und sei, was Ich Mir Bin in wohlgesetzter, alles überragender Manier.

Du sollst dich so, wie Ich es will, im Leben, Lieben und Gedeihen sehn und dich an dem ergötzen, was Ich für dich aufgeworfen, dekretiert und mustergültig hergerichtet habe. Es soll dir eine Freude sein, Meines Willens Duktus und Befehl mit vollen Segeln zu erfüllen und dich dabei in Meinen Universen-weiten wohlig zu ergehn.

Was Mir beliebt, soll deiner Liebe Frondienst und Verlangen sein und was Meine Stärke, deinem Schwachsein Beine machen, dass es vor Begeisterung und Lebensfreude hüpfen mag.

Ich komme, wenn du's wünschest, alsogleich in deines Häuslichseins Revier und schmücke es gekonnt und liebevoll mit Meinen Wundergaben.

Das verleiht dir Andacht, Dankbarkeit und Ehrfurcht vor dem Sein, in dessen Reich du dich hast fallen lassen voll Vertrauen, wie im liebevollen Dich-an-dir-selbst-Bewähren.

Das kleidet dich, wie Fürsten sich bekleidet halten und gibt dir Halt und Hoffnung, Hochgemutheit, Equilibrium und Stärke für dein glückerfülltes Wesensein in Mir.

7

Was Ich besonders pflege

7.1

Was Ich besonders pflege, sind die farben-
prächtigen Gedankenbilder, die wie aus dem Nichts
zustandekommen, um Meinem Dasein Inhalt,
Kontinuität und Helle zu verleihen.

Was immer kommt, muss stillen Gleitens, kaum
bemerkt, an Mir vorübergehn und lässt Mich davon
wohlvergnügt und heiter werden.

Alles, was da *ist*, klingt wie manierliche Musik in
Mein Gehör und lässt Mich auf Sequenzen hoffen,
die von gebührender Phrasierung und Ge-
schmeidigkeit, Beschwingtheit und Beseeltheit was
Erbauliches verstehn.

Ich liebe das dezente Licht in Meinem Raumgefühl
und kann es wohl gebrauchen, weil es Mir sichtbar
macht, was edel ist und klar und was Mir vordem
noch verborgen war.

Das Gewichtige versteht, sich breit zu machen in
der Ansicht, die es von sich selber pflegt - und
scheitert immer wieder an der kläglichen
Unmöglichkeit, sich wirkliches Gewicht und Ansehn
zu verleihen.

Im Grund genommen pflegst du haargenau, was Ich
schon immer liebevoll gepflegt und in Mir
aufgerichtet habe. Das stilisiert sich dann zu einem
synergetischen Gehaben von beträchtlicher
Rendite und allweiter Signatur.

Wir schreiten vorwärts, wo noch viele auf der faulen
Haut auf ihren Pritschen liegen und bringen was
zustande, was den andern noch in unbestimmten

Variationen vorschwebt als ein lächerliches Gaukelspiel.

Bist du nicht bei Trost, so schenke Ich dir klargesichtiges und bravouröses Überlegen, das neue Werte schafft und reines Freudewallen ob dem unvergleichlichen Erfolg, den es von Fall zu Fall erzielt.

Das Kräftige in Mir geht manchem unverhofften Sieg entgegen, an dem Ich Mich erbauen und beleben, belehren und vermehren kann in Sachen Seinserfahrung, bedeutungsvollem Sachverstand und noch viel mehr.

Was Ich einst versprochen habe, wird von Mir durch dick und dünn gehalten und versetzt dich ohne weiteres in einen Taumel der Glückseligkeit und Seelenaugenfrische, die besticht und weiter führt bis ins unermesslich ausgebreitete und ausgeweitete Gedeihen.

7.2

Deinen Lebenszustand lass nur immer Mich besorgen, denn Ich kenne ihn in seiner Signatur seit seinen ersten Erdentagen. Es lässt sich alles so und sogleich arrangieren, wenn du nur begreifst, wie talentiert Ich Bin im makellosen Aneinanderfügen der vorhandenen Strukturen.

Ich kneife nie, selbst wenn Ich in besonders zweifelhaften Fällen sehr dazu geneigt Bin, auszuflippen und der Sache ihren bodenlosen Lauf zu lassen,.

Was willst du alles noch versuchen, bis du dich dazu bequemst, in Mir den Retter und die himmlische Gerechtigkeit zu sehn.

Ich überdecke deine mickrigen Werte mit den Meinen, goldgetriebenen und verleihe ihnen damit einen sonderlichen Glanz und Mehrwert Meinesgleichen.

Willst du den Sinn von alledem begreifen, sinne über dich wie Mich in stillen Stunden nach und lasse dich von Mir zu neuen, graziösen Seinsideen inspirieren. Dabei wird es sich recht bald erweisen, dass die Meinen gängiger und vielversprechender, bedeutender und virtuoser sind als alle deine Schwafeleien, die nimmermehr ins Gegenwärtige gehören.

Ich flösse dir Gedanken ein von übersprudelnder Natürlichkeit und vehementem Duktus auf ein Ziel hin, das begeistert und befriedet, koneniert und ausgezeichnet passt in deinen Rahmen.

Ich breite vor dir aus, was noch kein Sterblicher gesehn und lass es dich beschauen, damit du Meinen Stil begreifst und Meiner Stillung folgst im Unergründlichem, das dich im tiefsten Wesensgrund beseelt.

Meine Heimlichkeit soll dir fortan in einem Mass gehören, das dich richtig aufstellt und dir Wege weist von reiner Zuversicht im Lichten, wie im Guten.

Ich führe dich dahin, wo durchs ganze Jahr die Rosen blühn und wo die zauberhaften Gärten voller Blumenkelche vor dir hangen. Das beseligt dich im lechzenden Gemüt und zeigt dir auf, was alles möglich ist und wirklich, wirtlich und global in Meinem Seinsimperium von götterherrlichem Profil.

7.3
Ein goldener Hauch von Güte und Gelassenheit ist der seelenvolle Inhalt Meiner Robe.

Was stellst *du* dar, wenn Ich dich an der Basis deiner selbst nach deinem Wert befrage? Alles oder nichts, magst du, je nach der Sicht auf deinen Güterstand zur Antwort geben.

Sind dir Moneten haufenweise zugeflossen, bist du gern dazu geneigt, dich reich zu nennen, wie's der Weltensinn empfiehlt, derweil dein geistig Teil verarmt, weil dir die Zeit gebrach, auch es gebührend nachzuführen. So aber wird die Welt zum Tollhaus, das die Gierigen und Griffigen, Verblendeten und Ausgeklügelten beherrschen.

Das Seelensein jedoch lechzt nach Befriedung und Befreiung von dem Weh, das es aus Mangel an Gerechtigkeit und Liebenswürdigkeit erleidet. Es fühlt sich wie gelähmt, derweil ihm die Bewegtheit wie die herzensgute Rührung fehlen, die ihm die beste Nahrung sind, um sich im Sein und Wirken zu bewähren.

So steht dir vieles noch bevor, was in deiner Evolution hintanstehn muss, um anderem den Vortritt zu gewähren.

Deine Züge sind noch straff, befehlend, rechthaberisch und resolut, derweil sie sich im Equilibrium mit Weichheit, Weisheit, Mitleid und Erschütterung befinden sollten.

Du trägst dich durch die Zeit, derweil du kaum begreifst, wie dich zugleich die Engel weitertragen. Es sind die Geisteskräfte, denen du vertrauen kannst und sollst in deinen mannigfachen Herzensnöten. Lässt du dich willig und geflissentlich von ihnen führen, zeigen sie dir Wege auf von wunderbar beglückender Lebendigkeit und ausgezeichnetem Dich-mit-gelinder-Lebenslust-Begaben.

Das vollendet dann, wozu du einst von Mir geschaffen und gestählt, begütet und bevorteilt wurdest. Es führt dich unentwegt hinan und lässt aus deinem Wesen Blumen der Holdseligkeit und Geistesstärke, Mannigfaltigkeit und unerschütterliche Lebensliebe spriessen.

Folge Mir und sei, sei folgsam und für Mich und Meine Seligkeit entschieden.

7.4

Wirst du fähig, Mich als Machtwort, Prinzipal und Wogenreiter in dein Wesensein zu integrieren, Bist du ein Erwachter Vetter Meiner Dynastie von klugen, seinsgewandten Geistern im bezaubernden Allhier.

Du machst dir nichts mehr vor, derweil Ich dir vor allem Weisheit in die offnen Ohren träufle und Bestimmtheit über alles, was du wirklich willst, in deinem Deine-Zukunft-Planen.

Du gewinnst an Farben, Formen, Äusserungen und Verbindungen im Mass der Inspirationen, die Ich dir freimütig und gekonnt gewähre. Sie stilisieren dich zum Mann, zur Frau der Stunde, die Erfolge tätigt von bemerkenswerter Attraktivität und viel bewundertem Brillieren. Sie verbreiten einen Glanz und eine Stimmung von behaglichem und vielbegehrten In-sich-selbst-Beruhn, die aus dem Lehrling einen Meister macht mit so soviel präferenten Zügen.

Willst du köstlich sein, so koste Meine nährende Gewähr an silbenreinen Explikationen, wie an Deutungen von nie verebbender Verbindlichkeit mit dem der *Ist* und der Ich Bin in Myriaden sinnerfüllten Variationen.

Bist du unbändig, kann Ich dir versichern, dass Ich dich zu bändigen befugt, bestrebt und ausgerichtet Bin, mit einer Fülle von Ideen, die zu Wohlstand und Begeisterung führen.

Wenn du innehältst, so halte Ich dir neue Seelenbilder vor, an denen du Gefallen, prickelndes Verständnis und belebende Erbauung findest.

Alle diese Werte tun dir wohl und geleiten dich in eine Zeit, wo du dich sicher und erhaben über alle Widerwärtigkeiten fühlst, die dich in deiner Eigenart behindern wollen. Das ist nun vorbei und eine neue Ära von Selbstsicherheit und wunderbarem Einssein mit dir selbst bricht an, an der du dich erlabst, sanierst, und auf den Sockel hebst des vielbewunderten, manierlichen und mehrfach von Mir ausgezeichneten Gespans.

7.5

Meinem Weisesein folgt deines auf dem Fuss sowie du allertiefst begriffen hast, wie sich die Lebensdinge insgesamt im Geistreich arrangieren. Würdigst du, was Ich bisher in dir gewirkt und angezettelt habe, kannst du auch begreifen, dass das immer in derselben Weise weitergehen muss, nur mit dem Unterschied, dass du es seinsbewusst erlebst in deinem An-Mir-Hangen.

Wie seltsam mutet es dich an, wenn du dich unverhofft in deinem Ich als in dem Meinen siehst und damit in der Lage, alles, was da *ist* nach deinem Gusto, respektiv nach Meinem sachgerecht zu arrangieren in des Universums tatendrängender Manier.

Dein Soll dabei sind Friedefertigkeit im Allgemeinen und resoluter Einsatz im Besonderen sowie die Lebensdinge sich dem Schiefen zugeneigt erweisen sollten.

Gehorchst du Meinem Seinsbefehl nach Strich und Faden, wird vieles fasslich, was vordem unerhört und überladen war. Du prägst dein Werk, mit Meiner Kraft bedacht und trägst es weiter, als du je zu tragen es bedacht und ausgeklügelt haben könntest.

Sind die Verbindungen zu Mir aus nah und fern intakt, kann Ich dich jederzeit mit *dem* beraten, was dir frommt und was dich schliesslich in den Himmel der Gerechten hebt an Meiner Sache und Gewähr.

Ich Bin es nicht gewohnt zu flunkern, du jedoch verhedderst dich nach jedem zweiten Wort in unbestimmten und verräterischen Fluktuationen, die dich als blutigen Banausen dechiffrieren und als Wedler mit dem Windchen, das gerade durch die Ährenfelder weht.

Mir ist es noch so recht, wenn du dich an Mich hängst und dich entlang von Meinem Backbord hangelst, bis Ich dich hoch zu Gott in Meine Güte hisse. Dort kannst du fern von dem Traumatischen in schöner Eintracht sein mit den Begeisterten, die im Chor in allgemeinen Jubel fallen vor dem Herrn und seiner universenweiten Herzkultur.

7.6

Perlenfischer sollst du sein in *Meinen* stehenden wie fliessenden Gewässern, die dir den wesentlichsten Teil deiner Berufung bedeuten. Deine Kräfte sind enorm, wenn es sich darum handelt, konsequent auf eine Lösung zuzustreben, die verhält und deren eigentlicher Inhalt von Mir und Meinem Sachverstand gespendet wird in relevanten und riskanten Weisheitszügen.

Wie lässt sich das so an, will Ich dich fragen: Mit der Zeit zu spielen, die dich zur Entscheidung fordert und goldrichtig mit ihr umzugehen in deiner Lebenstage Sausen.

Ich warne dich mit Meinem Pfiff vor dräuenden Gefahren und Bin dein treuer Helferich, um dich vor Unheil zu bewahren.

Ich setze zu und Bin dir Rachen, Mund und Nase, wo`s darum geht dir Vollendetheit zu attestieren.

Geschieht dein Wille, will es Meiner noch viel mehr und versieht sich mit Gebräuchen, Forderungen und diversen Komplikationen, die Mir beträchtlich auf die Nerven gehn.

Du schiebst die Lebensdinge vor dir her und entziehst dich durch den Aufschub dem Befehl, sie zügig abzufertigen, wie sich's gehörte.

Ich spende mehr und mehr vom Weltall Meinen Bürgen, um ihren Hang zu Quereleien zu befrieden und sie auf die Seite der Gutmütigen und Vorbildlichen zu ziehn.

Verlange nicht zu viel, sonst könnte es in Frage kommen, dass Ich dir den Rücken kehre und dich schnöd und blöd verlasse, trostlos hinter Mir.

Was dich lähmt, lähmt mindestens auch eine winzig kleine Stelle in dem Weltgewissen, das Ich Mir erschaffen und gerundet und gesundet habe. Heilt sie wieder, ist es gut, bleibt sie so, wie sie nun einmal ist, muss ein winzig kleiner Trauerflor von Mir zu dir hinüberwedeln.

Eine Geste des Begreifens aller Lebensdinge soll von dir ausgehn und in Meinen Gärten der Holdseligkeit gelinden Einstand feiern.

7.7

Willst du dich kreativ verhalten, halte dich an Mich, der Ich mit Weisheit prange und mit prächtigen Gestaltungen das Herz berühre. Ich wetze Meine Messer, um das Wesentliche aus dem Teig herauszuschneiden und dem Volk auf's köstlichste zu präsentieren.

Ich fange deine Tropfen auf, um sie myriadenfältig zu vermehren, deiner Heilung zu. Machtvoll schwillt davon dein Brustfell an, deinem Dasein Form und Tiefe zu gewähren.

Willst du dich in Mir bewähren, leuchte Ich dir mit Erhabenheit voran. Was von Mir im Gange ist, rollt für alle Ewigkeit dahin. Was du auch nicht erkennst, verleiht dir Schub in allen deinen Aktionen.

Wo immer *Ich* beginne, ist bereits das gloriose Ende abzusehn. Was Mich betrifft, muss auch dein Sein im Innersten betreffen.

Grossmut und Seelenstärke sind die Attribute, die Ich jedem Willigen dezent verleihe.

Mein Fasten ist fast so wie deins, nur weiss Ich Mich dabei mit Lichtkraft zu erfüllen.

Meine Lobgesänge gelten Mir allein im Wunder des Mich-myriadenfach-Vermehrens. Was dir mangelt mehre Ich in dir und lehre dich zu sein mit fürstlichen Gehaben.

Du kommst Mir gerade recht, deine Hilfedürftigkeit ins Gegenteil zu kehren. Ich verbinde das noch Losgelöste mit dem Kerngesundeten in Mir. Dir zähle Ich myriadenfach zurück, was du Mir je in kleiner Münze hingegeben. Was du verkürzen willst, verlängere Ich mit Bedacht, um es wesenhaft zu stärken.

Wo immer Ich erscheine, breitet sich ein Lichthauch aus von unermesslichem Sich-selbst-Vermehren.

Ich wappne dich zu siegen über allem, was dich wild umtost, in deines Seiens weitgebreitetem Gefieder.

7.8
Wachsam bist du schon, aber, was du hütest, ist beileibe nicht der Schatz, den Ich deiner Sorgfalt anempfohlen habe.

Ich zweifle nicht daran, dass du deine Tage guten Willens wie mit reiner Absicht überstehen und bestehen willst im allmenschlichen Getriebe. Dann aber lässest du dich von der Pracht und Macht der laufenden Ereignisse zur Unbotmässigkeit verführen. Du benimmst dich wie ein rechter Tor, indem du Wünschen nachrennst, die mitnichten auf der Liste Meiner Wünschbarkeiten stehn. Das beschert dir Trübsal und Verhängnis noch und noch in deinem hin- und hergeworfnen Seelenleben. Das dauert Mich und dauert mir schon allzu lang, weil es dem Modus widerspricht, den Ich Mir für das wahre Menschsein ausgedacht und eingerichtet habe.

Derweil deine Sinne nächtig schweigen, flüstere Ich dir das Weistum wahrer Gottesgüte ein, die dich darin bestärken, dem Geziemenden zu folgen und damit auch bewusst und redlich, überlegt und folgerichtig zu agieren.

Du steigst von einem Patt zu einem Paternostern auf, das dich in wunderbar gewundnen Serpentinen Meinen Höhn entgegenführt, die alleweil zu neuen Perspektiven führen.

Allmählich wirst du in den Nimbus der Allherrlichkeit von Meiner Art gekleidet sein und nur noch wollen, was *Ich* will und was sich Meinem Richtwert und Regal gemäss verhält im übersinnlichen Betrieb.

Meine Schau ist das Beschauen dessen, was hinter der Beschaulichkeit der Sternwelt steht. Ihr ist es zu verdanken, dass die Lebensdinge in Erscheinung treten und sich durch ihren väterlichen Touch bewegen aufblühn und vergehn.

Kannst du das begreifen, will Ich dir das wahre Leben attestieren, das du führst und das dich mit bewundernswerter Heiterkeit und Hoffnung, Vertrautheit mit dem Ewigen, wie mit dem

Unermesslichen, beseelt, das Ich schon immer intus habe.

Du schweigst ob Meiner Rede und erschweigst dir, was du Bist, in deiner seelenvollen Weltenmission.

7.9

Zum „member of my staff", sollst du dich stilisieren, aufrecht und zur guten Tat an sich entschieden. Ich liebe aufgebrezelte Gemüter, die nicht rasten und nicht ruhn, bis sie ihren Zweck und Zwick erreicht und in sich eingemittet haben.

Was *Mich* im Innersten bewegt, das soll auch dir Beweggrund sein, um felsenfest und figalant in Meinem Sinn und Geist und Meiner Attitüde zu agieren. Es handelt sich, universal gesehn, um einen Lernprozess von alles überragender Regie und unermesslichem Gelege, unberührt von zeitlicher wie räumlicher Gefahr.

Bist du zur resoluten und glaubwürdigen Person gediehen, sollst du nun im Geistessinn dem Allgemeinen innewohnen, das Ich Bin und dessen Immanenz zu sein dir noch das Allerletzte bringt, das du dir sein sollst in den geisterfüllten Sphären.

Ich Bin es Mir gewohnt, das erste wie das letzte Wort zu führen und will es auch in deinem Falle tun, damit du nicht durch deine Eigensinnigkeiten abirrst vom geraden Weg, den Ich schon seit Äonen für dich eingeschlagen.

Ich kümmere und krümme Mich um deine Angelegenheiten, wie die Mutter um ihr neuge-borenes Idol und will dir wohl mit jedem noch so

leisen Griff, den Ich dir liebevoll und heiter angedeihen lasse.

Für dich, wie alle, ist es vorbestimmt in
Glückseligkeit und Geistesaugenfrische, Selbst-
bewusstheit und Erhabenheit zu kulminieren. Das
kommt als eine Generationenwelle, die dich
aufhebt, auf dich zu und beschert dir, was dir in Mir
frommt, in grandios gesetzten Zügen.

Was Ich so will, wird immer auch geschehn und
wessen Ich Mich rühme sind die fort- und
fortgesetzten Siegestaten, die in Meinem Ressort
und Gelingen, Anschub und Vollbringen ihren
einigen Vollzug sowie die Wahrheit und Beseeltheit
Meiner Geistesfülle finden.

7.10
Ich merke Mir, was Ich im Zustand des Erfahren-
seins empfangen habe und wende es dann an, um
noch bedeutend mehr zu sein als ich es vordem
war.

Auf was Ich einmal regelrecht begriffen habe, greif
Ich immer wieder zu und moduliere es so lange, bis
es wie neuerfunden dasteht als ein Monument der
Zuversicht und Hoffnung für die Vielen.

Ich schwärme aus und lasse Meinen Einfluss
unablässig genialerweise in die Welten fahren, die
Ich Mir erschuf.

Konsolidierung nenne Ich, was dann mit allem, was
da *ist,* als erstes zu geschehen hat und höher-
führende Rendite, was darauf in Pracht und
Herrlichkeit damit geschieht.

Ich warte mit Ideen auf, die vordem keiner keimen lassen konnte und verwerte sie in grandios und siebenselig hingeworfnen Zügen.

Da zeigt sich dann in aller Form und Farbe die Durchdachtheit und Geschicklichkeit, mit denen Ich beständig operiere.

Es weht der Wind der siegenden Wahrhaftigkeit in Meinen Seins- und Sinngebieten und hinterlässt verehrenswerte Spuren des Gedeihens wie des Aufblühns neuer Seinsgegebenheiten in der frischen, frohen Tat.

Das Burschikose lass Ich laufend fahren und verbürge Mich für alles, was in allem Ernste vorwärts kommen will in seinem Drange, schönes, liebenswertes und erhabenes zu schaffen in Gezeiten allgemeinen Wohls und Wirkens nach der Strategie des gottesgeistigen Kalküls.

Was du so von Mir empfängst ist bare Lauterkeit und Weisheit götterlichter Universenweiten und gediegenen Sinnierens. Es versucht, dich zu verändern von der klapperigen Gläubigkeit bis zum Erkennenden und glorios gewordnen Menschengötter Stil.

Das ist dann die grosse Wende in der Lebenswelten Fruchtbarkeit, Entschiedenheit und Einigkeit in allem was sie sind und miteinander in die Zukunft tragen.

Ich Bin, du Bist und selbander mit des Seins Gebieten sind wir immer mehr.

7.11

Ein und alles Bin Ich im unendlichen Getriebe und lasse nichts und niemand mehr aus Meiner sakrosankten Mitte fallen.

Wo Bewegung herrscht, will auch die absolute Ruh zu ihrem Rechte kommen, wo geschuftet wird, wird jede Schicht von Mir behutsam auf das Ganze aufgetragen.

Ich liebe es, Gewandtheit mit Genie und Auserlesenheit mit Torheit zu verbinden, damit das Equilibrium zutage tritt in Meiner unerschütterlichen Grossmanier.

Was Ich Mir selber einst verheissen habe, ist nun wahrhaftig, kongruent und deckungsgleich mit dem geworden, was Ich Bin und was Mein lauschendes Gemüt erforscht und eruiert hat in den gewissenhaften Geistessphären.

Woher Ich komme und wohin Ich gehe, liegt nun wunderbar gesittet vor Mir ausgebreitet und verleiht Mir die Impulse, die Ich brauche, um noch viel viel mehr mit Seinsgelassenheit, Entschiedenheit und warmer Anteilnahme zu kreieren.

Ich igle Mich nie ein, sondern lasse aller Welten Scharm und Schönheit, Liebenswürdigkeit und Kunstgriff freilich und gelassen aus Mir fahren. Das reimt sich dann mit allem, was schon *ist* auf's allerlieblichste zusammen und begründet in der Einheit eine Vielfalt ohnegleichen.

Was Ich bewirkt und angezettelt habe, muss auch wieder abgetackelt und entsorgt, krisensicher aufbewahrt und eingepökelt werden. Damit ist *dem*

Genüge und Relieve getan, was in Mir umgeht und Erfahrung werden wird in Myriaden wesenhaften Situationen.

Was Ich überschaue, ist das All mit allen seinen Singularitäten und bewusst gewordenen Lebendigkeiten. Ihnen Bin Ich alleweil auf's innigste verpflichtet und kann Mir, ihrem Wert gemäss, nicht den geringsten Fauxpas oder Fehlgriff leisten.

So erfordert es die Weisheit an sich, weise und bewusst, weit ausschauend und begütigend zu sein, damit die Lebensliebe und Glückseligkeit konstant zum Zuge kommen.

7.12

Ich hingegen halte Mich gezielt an das, was Ich Mir ausgedacht und vorgenommen habe. Es ist weder viel zu wenig noch zu viel in Meiner Fertigkeit, das Mittelmass zu finden und der Ausgewogenheit zu huldigen in waagerechtem Stil.

Ich konzentriere Mich gekonnt auf das, was Ich für den Moment erreichen will und gelange so galant und sicher zu dem angestrebten Ziel.

Bäumt sich etwas in Mir auf, so weiss Ich es geflissentlich und wohlgemut zu zähmen. Ich lasse los, wo die Gelassenheit zum Zuge kommen soll und ziehe an, wo sich etwas gelockert hat im stramm gezognen Seinsverfahren.

Kastellan Bin Ich im eigens für Mich aufgebauten Schlosse und hüte Meinen Hofraum als ein köstliches Refugium, wo Zeit und Raum im meditierenden Gebet verschwinden.

Bin Ich so, so kannst du es genauso unvermittelt, spielerisch und dankbar auch erreichen. Du beginnst mit einem Mal dich über dich gedanklich zu verbreiten, um herauszufinden wer und was du wirklich Bist in Unvoreingenommenheit und Willensstärke.

Das führt zu Resultaten von erstaunenswerter Rentabilität in Sachen Seinsgewinn und siegessicherem Gehaben.

Du weisst auf einmal, was dir frommt und frömmelst nicht mehr unbewusserweis dahin, wo nichts entsteht im Dich-auch-noch-so-sehr-Verbiegen.

Ich warne dich vor zu viel Ehrgeiz, der zu Katastrophen führt von unverzeihlicher Zerwürfnis im allmenschlichen Betrieb. Das vermeidest du durch warme Anteilnahme am Geschick der dich umgebenden Gemeinschaft aller Wesen, die da sind und Zärtlichkeit und liebevolle Pflege nötig haben. Widmest du dich ihnen, so wendest dich zugleich auch zu Mir, der Ich das Sein Bin und wertest damit auf, was dir vordem als Unwert und Nobody ist erschienen.

Es genügt bei allem was du Bist, dich selbst zu sein und dabei Mir, dem Allumfassenden und Allgewaltigen den Vortritt, die Vorbildlichkeit wie den Gehorsam und die Ehrfurcht zu erweisen.

7.13
Schwankende wie du sind eh dazu geneigt, jeden Strohhalm zu ergreifen, von dem sie sich auf eine wunderbare Weise Rettung und Relieve erhoffen.

Das bringt Mich in Verlegenheit, weil alles, was Ich frei heraus gebäre, in Gefahr ist unverhofft als nutzlos oder gar beschädigend taxiert zu werden. So setze Ich zuallererst die feste Willenskraft voraus, das so Geschenkte zu erhalten und auf's trefflichste zu pflegen.

Was Ich einmal gebilligt habe, weite Ich beständig weiter aus, bis die Form erreicht hat, die Ich dafür vorgesehen habe.

Da Ich der Inbegriff von Zeit und Raum Bin, kann Ich darin schalten, walten und befehlen, wie und was Ich immer will, in Meinem Wohlverstand wie Meinem cleveren Reflexionen. Das bringt dann Schichten und Geschichten Meiner selbst zu Tage, die vordem arg verschüttet und behindert waren.

Hast du nur ein einzig mal begriffen, was Ich von dir will, wirst du es weiter so begrifflich halten und dich davor hüten, es so mit nichts dir nichts in den Wind zu schlagen.

Was Mir recht ist, soll auch dir gelegen sein und was Mir liegt, muss unbedingt auch regelrecht an deiner grünen Seite liegen.

Bist du ausgeflippt, befehlige Ich dich nicht mehr und lasse dich in deinem eignen Safte schmoren. Erst wenn du reuig, kniebel und devot geworden bist, kann Ich dich wieder in Mein Boot der Zuversicht und Lebensfreude hieven.

Du fühlst dich dann wie neu geboren und verspinnst dich in Gedanken von Glückseligkeit, Wahrhaftigkeit und Ebenmass am Sein und Leben, die dir Heiterkeit und Seelensicherheit bereiten.

Deine Züge sind geglättet und für jedermann ein Fest der Inspiration für tiefergehende Genügsamkeit an allem, was dich so betrifft und dich gründlich weiterführt in deinem militanten Leben.

Alles ist dir recht, was aufersteht an deinem Horizonte und jede noch so brüske Wendung wird dir zum ergreifenden Fanal für neue Werte und Errungenschaften.

Bist du grandios, so wisse, dass im Grund genommen Ich es in dir Bin und dass du dafür dankbar sein sollst, herzensfroh und findig über alle Massen.

Ludwig Weibel, geboren 1933
Lebt in CH-9200 Gossau/St.Gallen
Homepage: www.das-sein.ch
E-Mail: ludwig.weibel@hispeed.ch